香港故事

小思

牛津大學出版社隸屬牛津大學，以環球出版為志業，
弘揚大學卓於研究、博於學術、篤於教育的優良傳統
Oxford 為牛津大學出版社於英國及特定國家的註冊商標

牛津大學出版社（中國）有限公司出版
香港九龍灣宏遠街 1 號一號九龍 39 樓

ISBN: 978-988-2459-58-8

10 9 8 7 6 5 4 3 2 1

Published & Printed in Hong Kong

書　名　　香港故事（新版）
作　者　　小思
版　次　　2025 年第一版

目錄

香港故事

行街

吃喝一念

香港故事

石龜故事

朋友以為我很熟悉香港，其實並不是。

從太平山頂下望，那麼多年來，直到今天，我還說不準那一塊是龜石。

父親愛講古靈精怪故事——講究嚴謹準確的母親總責怪他「教壞我」，他第一次帶我上山頂去，就講了石龜爬山的故事。小孩子不懂追問，他也只向山下胡亂一指，「呢，包塊呀，似唔似呀？」我倒忘記了當時看到甚麼。

但從此，每逢環山漫步，走到朝北一方，我都會向半山腰尋索在眾石中的那塊龜石。

傳說是這樣的：千年萬代以前，有個不知道是道士還是仙人，對着南方海上小島，下了一道咒語：香爐峰海底，有一隻石龜，每年從海底沿着山腳向島上爬，像沒有速度似的慢慢爬，慢得沒有人察覺。等到它爬到山頂的時候，這個小島就會無聲地沉沒了。

世界上哪個地方沒有神話傳說？好像只是香港特別少——香港，是個拚命向前跑的大城市，棄掉歷史、打破神話、集體迅速失憶……你能講得出多少個屬於香港的神話傳說？我想，石龜爬山，該算一個。

我跟許多香港市民一樣，不知道香港有甚麼神話傳說，但卻記住了石龜的故事，而且愈來愈記得清楚。

空氣污染慣了的城市，四周昏濛濛，難得有一天，天空鋼藍一片。

我繞着環山小徑走，走到朝北一邊，這裏視野最闊，通常我會停下來，憑着用水泥穩固好的欄杆，遠眺對岸。只見填土黃澄澄，埋沒了稜角分明的海岸線。填海填出了財富，改寫了地圖。沒有考證，今天的小學地理課本裏，還是不是說：維多利亞港，水深港闊。

視線移回腳下，忽然發現，在懸空的小徑對下，竟有一塊石頭，真像伸出頭來的烏龜。我吃了一驚，多少年來，細意尋找，都沒有找着，怎麼今天突現眼前？趕快換了角度仔細再看，卻又不太像。叫身旁友人站在我原來站的位置，問他們看不看見，他們都說只看見一塊大石，不像龜。大概可憐我吃了驚，就安慰我說：「算那真是石龜，離開山頂還有一段距離，何必慌成這個樣子？」

說實話，我真的吃了一驚。沒想過活到一把年紀，竟為石龜故事迷惑了。

二〇〇一年一月

香港故事一

香港，一個身世十分朦朧的城市！

身世朦朧，大概來自一股歷史悲情。迴避，是忘記悲情的良方。如果我們說香港人沒有歷史感，這句話不一定包含貶斥的意思。路過宋皇臺公園，看見那塊有點呆頭呆腦的方塊石，很難想像七百多年前，那大得可以站上幾個人的巨石樣子，自然更無法聯想宋朝末代小皇帝，站在那兒臨海飲泣的故事了。

香港，沒有時間回頭關注過去的身世，她只有努力朝向前方，緊緊追隨着世界大流適應急劇的新陳代謝，這是她的生命節奏。好些老香港，離開這都市一段短時期，再回來，往往會站在原來熟悉的街頭無所適從，有時還得像個異鄉人一般向人問路，因為還算不上舊的樓房已被拆掉，甚麼後現代主義的建築及高架天橋全現在眼前，一切景物變得如此陌生新鮮。

身為土生土長的香港人，我常常想總結一下香港人的個性和特色，以便向遠方友人介紹，可是，做起來原本並不容易，也許是她的多變，也許是每當仔細想起她，我就會陷入濃烈的感情魔網中……愛恨很不分明。只要提起我童年生命背景的灣仔，就可說明這種愛恨交纏的境況。

說灣仔是一個與海爭地的舊區，並不過份，因她大部份土地都是從海奪過來的，老街坊站在軒尼詩道上，就會咀嚼着滄海桑田的滋味。當初在填海土地上建成的房子已經殘舊，給人一幢一幢拆掉，代替的是更高更遮天的大廈。偶然一座不知何故可以苟延殘喘夾在新廈中間的舊樓，寒傖得叫人淒酸。有時，我寧願它也趕快被拆掉，可是，又會慶幸它的存在，正好牽繫着我的童年回憶。洛克道、謝菲道（編按：現駱克道、謝斐道），曾經是有名的煙花之地，自從那蘇絲黃故事出現之後，灣仔這個名字，在許多外國浪子心中，引起無數蠱惑聯想。每逢維多利亞港口停泊着外國艦隻時，我就很怕人家提起灣仔。我曾經厭惡自己生長在這個老區，但別人說她的不是，我又會非常生氣，甚至不顧一切為她辯護。在回憶裏，儘管是尋常街巷，都帶溫馨。現在，灣仔已經面目全新了，新型的酒店商廈，給予她另一種華麗生命。我本該為她高興才對，但隨着她容貌個性的變易，彷彿連我的童年記憶也逐漸褪色，灣仔已經變得一切與我無干了。

文化，是一座城市的個性所在。香港的個性呢？有人說她中西交匯，有人說她是個沙漠。是豐腴多彩？還是乾枯苦澀？應該如何描繪她？可惜，從來沒有一個心思細密的丹青妙手，為她逼真造像。文化沙漠，倒是人人叫得響亮，一叫幾十年，好像理所當然似的，也沒有人認真地查根究柢。難道幾百萬人就活在一片荒漠上麼？多少年來，南來北往的過客，雖然未嘗以此為家，畢竟留下許多開墾的痕跡，假如她到如今還是荒蕪，那又該由誰來負責呢？這樣說罷，香港的文化個性也很朦朧，不同文化背景的人為她添上一草一木，結果形成奇異園地。西方人來，想從她身上找尋東方特質，中國人來，又稍嫌她洋化，我們自己呢？

一時說不清，只好順水推舟，昂起頭來接受了「中西文化交流中心」的稱譽，又逆來順受人云亦云的承認了「文化沙漠」的惡名。只求生存，一切不在乎，香港就這樣成為許多人矚目的城市了。

不知不覺，無聲歲月流逝。驀然，我們這一代人發現，自己的生命與香港的生命，變得難解難分。離她而去的，在異地風霜裏，就不禁惦念着這地方曾有的護蔭。而留下來的，也不得不從頭細看這撫我育我的土地；於是，一切都變得很在乎。但，沒有時間回頭關注過去的身世了，前面還有漫漫長路要走。

遠方朋友到香港來，我總喜歡帶他們到太平山頂看香港夜景。不是為了旅遊廣告的宣傳：「億萬金元巨製的堂堂燈火」，而是——

乘纜車上山，我們不能不注意那種特殊感覺。車子自山下啟程，人坐在車廂裏，背靠着椅子，必須回過頭來看山下的景物。在一種要把人往下吸拉的力度中，就看見沿途的建築物都傾斜了，儘管我們不自覺地調校了坐姿，把視線與建築物平行起來，但其實我們是用傾斜角度看山下一切。到了終站，當滿城燈火在我們腳下時，我往往保持沉默。可以用甚麼語言來描述香港呢？倒不如就讓在黑夜中顯得十分璀燦的人間燈火去說明好了。說實話，我也正沉醉在過客的嘖嘖稱奇中。

香港的夜景風光，最為耐人尋味。層層疊疊深深淺淺的閃爍，演成無盡的層次感。我總愛半眯着眼睛看山上山下的燈光，就如一幅迷錦亂繡。正因看不真切，那才迷人。過客也不必深究，這場燈火景致，永留心中，那就足夠記住香港了。

我常對朋友説，香港既是一個朦朧之城，生長其中的人，自當也具備這種朦朧個性。香港人不容易讓人理解，因為我們自己也無法説得清楚。生於斯長於斯，血脈相連着，我們已經與香港訂下一種愛恨交纏的關係。對於她，我們有時很驕傲，有時很自卑，這矛盾纏成不解之結，就是遠遠離她而去的人，還會時在心頭。

傾城之戀，朦朧而纏綿，這是香港與香港人的故事。

一九九二年

香港故事二

去香港博物館，為了看「香港故事」。

心理上，並沒有甚麼要求：懷舊呢？追尋一頁頁曾被人刻意遺忘的香港身世呢？溫習一絲一滴似已淡忘的童年記憶呢？還是去查核一個快離去的政府向市民交代的統治賬項？購票進館，這一回，首先證明了在香港免費參觀博物館的時代已告結束，歷史又翻一頁。

小孩子在展品前跑跑跳跳，大人偶然在一件展品前稍稍駐足，幾個學生細心看了解說文字，然後問：「這是甚麼意思？」——一切隨着腳步過去，人們就踏進那條歷史街道了。

甚麼年代的香港庶民生活？大概二十、三十、四十年代罷！切隱隱約約，朦朦朧朧，總而言之，擺在眼前的，都是早已消失的東西。幽暗燈光下，傳來陣陣似遠還近的人聲，閒話家常、叫賣聲……彷彿歷史幽靈在浮動。走近門窗探首去看，都是似舊還新、半真半假的擺設，巧妙處也就在此，沒有人敢說：不夠真實。誠濟堂，是這條街的精華所在。那家本來坐落皇后大道中的老店，未拆之前，在現代化繁囂中區，已叫人另眼相看。它那傳統大藥鋪的氣派，絕不是已經有點洋化的余仁生可追得及。童年的我，常跟母親去「執藥」，抬頭看着高懸的牌匾，黑墨墨的木雕花欄和層層藥櫃，總覺它很神秘。濃濃不散的藥味，偶爾傳來舂藥杵敲臼的金屬聲響，構成一幅聲色味俱全的圖畫。如今，它已成歷史。我坐在人氣磨滑了的楠木椅上，靜聽它最後一代老闆的聲音，平實地交代它的光榮事跡，香港故事，才有點真切的感覺。

走出歷史一街，我們看到極度簡化的三年零八個月、五十、六十、七十、八十年代的香港身世斷片，閃閃閃，我看完了香港的故事。也許，香港故事，本來就是這個樣子。

一九九一年十二月二十七日

市聲

不知道有沒有人與我同感，「香港故事」展覽中，最大的破綻乃來自那些隱約而似遠還近的人聲。

仔細聽聽那些閒話家常的用詞，茶樓叫賣點心的腔調，就會覺得沒有歷史的味道。一個年代有一個年代人慣用的詞彙與腔調，假不得，也留不住。驀然回首，我們會發現有些從前人口中常說的詞彙，現在已蕩然無存，連老人家也無意間隨着潮流，洗去年輕時的口頭禪。可惜，從前留聲科技未發達，沒法保留那些口頭文化的面貌。我們只有跟某些老人交談時，偶然發現早已在記憶以外的詞彙，才明白時代的沖刷能力。

家常話，也許家家不同，茶樓賣點心的叫聲，倒是常去茶樓的人夢寐難忘的。且小心聆聽那茶樓傳來的叫賣聲，短促又沒神沒氣，一點牽惹不起舊時食客的情意。往日茶樓點心花款不多，叉燒包、雞球大包、蝦餃、燒賣卻不可缺，賣點心的阿伯阿哥，捧着大蒸籠，運足中氣，各有高低抑揚腔調，我現在還記得第一樓和得雲兩店叫賣叉燒包的聲音。

市聲是最令人難忘的，但它們又一去不返。當年陳韻文、許鞍華拍電影，為了找人叫賣衣裳竹和裹蒸糭，費盡氣力，還未滿意，因為許多人不會忘記童年聽過：長夏午後衣—裳—竹，寒冬夜裹裹—蒸—糭的市聲。特別是深夜街頭的賣糭聲，蒼涼寂寞又冒着白煙的溫暖感，一生難忘，摹仿者偶一不像，都難逃記憶檢查系統。從前曾在日本京都參觀過「舊都市聲演出」，據説都禮聘八九十歲老人作指導，其中更有親自演出。看見台下老人欣喜表情，總可相信那些聲音一定逼真得很。

香港故事，竟然欠缺真切聲音，倒不如無聲了。

一九九一年十二月二十八日

忠靈塔

我十分明白，博物館不等如歷史教科書，不能樁樁件件歷史都詳細道來，但說明文字過份簡單，說了白說，就失去陳列品的意義。「香港故事」中的「三年零八個月」時期，牆上懸着一幅手繪彩圖，說明文字只有「忠靈塔」三字，相信四十歲以下的香港人，大都不會知道那是甚麼東西，漫不經心的人可能連那圖片也錯過了。

忠靈塔，是香港淪陷三年零八個月的恥辱標記，不少香港人為它賠上生命。這座建在金馬倫山上的奇怪建築物，一直深刻留在我的記憶裏——童年的我，住在灣仔，每天抬起頭來，就看見它，從一九四三年十二月它興建，到一九四七年二月它倒塌，我整整對了它三年零兩個月。到現在我還記得清楚一九四七年二月二十六日下午四時卅分，震天巨響後，塵土飛揚中，它塌下的姿勢，當然我更記起為建它而犧牲的人。

日本人佔領香港後，整個「大東亞戰圈」的南方局勢已定，為了收葬戰死日軍遺骨，決定在香港興建骨灰藏所，作為「聖戰紀念」。選定地點是港島中部金馬倫山頂——在中央，人人抬頭可「瞻仰」。建築費香港人捐，石材也就地取採：現在帆船酒店與鄧肇堅醫院一帶是個石山，徵用大批壯丁趕工開採了大石塊，運上山去應用。匆匆建造這座骨灰所——忠靈塔，為了安慰無數日本亡魂。可是，無辜的香港壯丁就給拉去鑿石運石，死傷的不計其數。鄰居有個大孩子，十六七歲，平日總愛逗我玩，我叫他昌哥昌哥。他給我摺紙船紙飛機，是寂寞童年珍貴的玩具。忽然好幾天不見了他，鄰家傳來哭聲，母親說昌哥給大石壓死了，那是為了建忠靈塔。要找忠靈塔資料不困難，只要翻閱一九四七年二月二十六、二十七日報紙就可以了。《星島日報》記者鍾鎏裕更拍攝了它炸毀前後的連環圖片。它既是「香港故事」的一頁，補寫說明，是應該的。

一九九二年一月十三日

大炸灣仔（之一）

我差點給炸死，這並不是誇張的筆法。

淪陷時期，留在香港的人，誰不是差點給炸死？紀錄片裏，看到的是日本仔攻陷戰的飛機和炸彈，但三年零八個月，天天來轟炸的卻是盟軍飛機。英國、美國的重型轟炸機——B-29或B-24帶了炸彈，從最近香港的基地起飛，不定時的，飛近香港上空，扔下如雨的炸彈，地面就有人遭殃。本來，據說扔炸彈的目標都該是日本仔的聚居地、軍事據點、船塢，但也難免錯落在民居，死傷的都是無辜的市民。我差點給炸死，就是如此的一次炸彈錯落民居。

「一九四五年一月二十一日，下午三時四十五分左右，駐昆明基地美B-24型機約二十餘架，空襲本港，向香港市區內盲目投彈，在人煙稠密之華人商店住宅區投下炸彈若干，炸毀屋宇約五百餘間，慘被炸死的市民約千之數，受傷者約三千。」這是「大炸灣仔」第二天《華僑日報》刊出的消息。炸彈全落在灣仔：莊士敦道近修頓球場附近、軒尼詩道夏巴電油站左右、洛克道、謝菲道一帶。

那天，是星期天，下午三時四十分左右，我跟姊姊上街去，本要到修頓球場附近去，但不知道為甚麼，我們會朝着夏巴電油站的方向走。剛走過夏巴不遠，炸彈就落下來——奇怪的是那天竟沒有聽見警報，甚至連飛機聲也聽不見，一來就已是炸彈爆炸的聲音了，因此許多人走避不及。第一聲爆炸聲響過，姊姊本能反應，抱着我就往民居的樓梯跑，跑上二樓人家門外，戰時生活，人人都學會在第一時間找到掩蔽之所，炸彈是無可避，但可避爆破的碎片。我們蹲下來，雙手抱頭，聽着瘋狂的轟響，感到整座房子在搖動，塵沙紛紛打在我們身上。

不久，震耳的聲音兀然而止，轟炸過去了，我們第一個念頭就是趕快回家。誰料從二樓走到街上，我們比剛才更慌亂，只見受傷血淋淋的肢體散布在軒尼詩道上，向右邊望去——我家就在右邊隔兩個街口處，竟是一幢火幕：夏巴中彈在焚燒。我清楚記得，姊姊朝一個慌張走過身旁的人問：「那邊怎樣了？」那人回過頭來，全面是血，他有沒有回答，我倒忘記了。你以為我這個時候會哭？不，戰時的小孩子不大哭，但「沒有家了」的恐懼卻全布心頭。我們得設法回家去，雖然只差兩個街口，一張火幕隔着，如何穿過？只有十多歲的姊姊，帶着我，穿過軒尼詩道，走到灣仔道，再走一段路，過了國泰戲院，就看見菲林明道的英京酒家和東方戲院了。在軒尼詩道上，我抬頭看見家沒有毀，家人都在騎樓上觀望，他們在盼望兩個剛離家外出的孩子安全歸來。直到今天，有時夢裏，我還會看見母親在騎樓上招手的樣子。

我不想描述回家路上所見的恐怖情形，只說一件事就足夠，回到家，我的鞋底和鞋邊上，都凝着血塊，踏着多少人血，可以想見。從來，轟炸時，我都在家，只有這一次——最慘烈的轟炸，卻在受炸中心的街上，注定我遇上了，留一條命，目擊戰爭的殘酷。七歲的孩子，給嚇壞了，不言不食，病了好幾天才康復。我珍惜一切生命，因為七歲時就懂得死亡。

盟軍來炸死許多人，日本仔在報上說：「全港居民對此暴行，應刻骨銘記。」但我們香港人都這樣說：「盟軍本來要炸海軍船塢，可惜炸彈在上空早落了一粒米位，就下到灣仔來了。」沒有人宣傳，我們都明白，轟炸是應該的，只有這樣，日本仔才早日完蛋。

一九八八年五月二十七及二十八日

大炸灣仔（之二）

是，是大炸灣仔。那是老灣仔人惡夢，死裏逃生的灣仔人無法忘記的一天。從 Uwants 網頁中得睹極罕見而珍貴照片，讓我重翻出當年血的記憶。

照片近鏡攝入的是莊士敦道貝夫人健康院對面電車路上。一男一女腳邊躺着攤開雙手的僵硬男人，地上全是磚木碎片，不遠處還有一輛已破得不成形的人力車，寫着經濟時菜的大招牌的隔幾個鋪位，就該是大生酒莊，父親在門口開了個「代書處」，代市民填寫申請書交給對面健康院改成的灣仔區政所。平日父親準時開檔，那天——一九四五年一月二十一日，下午三時四十五分左右，沒有開工，因為是二哥結婚，他當老爺。如果坐在門口，他會像木辦公桌一般，給炸個粉碎。

老灣仔第二天在灣仔皇后大道東郵政局側的衛生局，看到塞滿屍體，報上説炸斃市民約一千，傷三千。我們只信是個約數。那時候報紙不刊圖片，這張照片，應是有力血證，沒想到竟然是該網網民從希臘文字網頁中找出來，尋料能力太高超了，真感謝。請關心灣仔歷史的，趕快找來細看。

不過，網上文字有這樣説法：「看到當年英政府刻意隱瞞盟軍誤炸灣仔的相片。」倒值得商榷。英國官員全在集中營，輪不到他們隱瞞。日本統治者發佈消息，對盟軍飛機大炸平民區毫不隱瞞，直説「駐昆明基地 B-24 型機約二十餘架空襲本港，向市區內盲目投彈。」「敵美空軍此種暴行，專以華人住宅區為目標，實屬天人共憤。」而市民「無不異常髮指」。

一張香港照片，竟出現在希臘，也真神奇。

二〇一四年六月二十九日

一　夢

病帶朦朧，夜來多夢。

人家說夢是恍恍惚惚，我的夢卻玲玲瓏瓏。

跌跌撞撞，我給人群推擠上了一艘軍艦，不太大，我站在甲板上，可以看見船頭船尾都堆滿了人。找不到一個熟悉的面孔，心慌得很，不禁高聲呼叫：等一等，還有人沒上來！喂！……軍艦已經離岸，來不及了。我緊握船欄，舉目一看，船已在維多利亞港海中，正面對灣仔——不是今天的灣仔，全是童年所見風光，我看六國飯店、敦梅學校、岸邊的垃圾碼頭、運棺材碼頭、加列島，沒有高樓大廈遮擋，我連半山上的姻緣石都看得見。突然——

救命呀！轟炸灣仔了！船上人齊聲大叫。只見從岸邊到山上，一層一疊火幕，火中閃閃，卻顯出會議展覽中心、華潤大廈、新鴻基中心、合和中心……蓋地而來，滿天通紅。「冇咯、冇咯，灣仔冇咗咯……」身旁一個人不斷地嘶叫，我轉過頭去看他，他也轉過頭來看我，我從他臉上，竟看到自己給火光映得發亮的紅臉。四周的人都在呼叫，都用手指指向在火幕中的灣仔，「嘩！嘩！」叫聲真像在看一朵奇異花樣的煙花升空爆破。

這時候，我感到雙手很痛很冷，低下頭來，原來握捏船欄的手也脹紅了。海風吹得緊，軍艦已全速前進，灣仔冉冉在火光中變得模糊。怎麼辦？我認識的人都在岸上。我沒帶上一件厚衣服，我很冷，我的手好痛，……心情平靜得出奇，我只牽掛着我冷我痛，竟然忘記了灣仔在火中的事。我好冷，我好痛，我好冷……「唔好嘈！大喊十！自己搵樽保心安油搽吓唔係得囉！」甚麼？哎呀！我忘了帶保心安油，怎麼辦？怎麼辦？……就在此刻，我像從沒睡過似的醒過來了！

此乃其中一夢！

一九九一年十一月十七日

灣仔（之一）

黃昏已過的時份，走經灣仔街頭。

修頓球場人聲起哄，一場小型球賽正鬥得熱烈。高架射燈使場邊人的面貌一點也不朦朧，他們完全投入急劇流動的場景中。我站在人圈外邊，忽然，這個地方，變得非常陌生。那時候——該是很久很久以前了，修頓球場還沒鋪上水泥，四邊還沒圍上欄柵，一切顯得很沒建設、沒秩序，但，我可以清楚記得，那個角落，擺的是甚麼攤子，大帳篷在東北角架起來的是夜市心臟節目：「咚咚嗆」。我不知道它的正式名堂，父親總説：「我們看咚咚嗆去。」而大帳篷外邊，總有人鼓着鑼鼓，單調聲響就是：咚咚嗆。賣藝者響亮的呼叫，告訴人們帳內表演些甚麼。有時是深山大野人，有時是軟骨美人，有時是吞火吐火，甚至有時只擺着一隻兩頭鷄。給一角錢，就可以進帳裏去看。通常，節目怎樣叫人失望，看過的人走出篷帳時，總笑哈哈的，父親説只是一角幾分，不要太認真，反正，不好嚇怕了站在外邊等進場的下一班觀眾。中央地區多散擺着賣武、賣藥、賣涼果的小檔，彼此之間，沒有劃定界線，外邊圍着一圈人就是界線。每圈子裏都有盞大光燈，其實也不算太光，暗黃的燈光剛好照亮了小檔主人。賣武的總光着上身，腰間束條已經有點霉氣的紅帶，或者只把黑色唐裝褲的白褲頭打成結實的方型結。他們總愛把胸膛拍響，説一套江湖老話，偶然舞動一下紅櫻槍、單刀之類，對於這，我沒多大興趣。雖然賣涼果的沒大看頭，但看完後父親定會買一角錢有十二粒的話梅或甘草欖，就很夠吸引力。看小攤，其實也不太舒服。父親不許我蹲在人圈內圍地上看，只讓我騎在他肩上。七、八歲也不太小了，看完一場雜耍，父女倆都會感到吃力。但無論怎樣，儘管家與修頓只是一街之隔，能去玩一個晚上，已是童年最興奮的夜間節目之一了。

這個陌生的地方，原來曾盛載過我童年的歡樂。

一九七七年七月五日

灣仔（之二）

沿着軒尼詩道走，這條曾經十分熟悉的大街，這條夢裏屢屢出現的大街，如今，面貌都改變了。

抬起頭，大廈窗子，一格一格，離得我好遠。幾幢還沒拆掉的舊樓，夾在許多大廈中間雖然有點滄桑、坎坷，但只要細細看每層樓房的騎樓，那些窗子仍給人高大寬闊的印象。都市繁榮，有時必須犧牲許多舊有的東西——無論好的壞的。不知道甚麼原因，它們還沒拆掉。

我走過兩個街口——自從老屋拆掉後，已經很久沒細看這街了，許多店鋪中，我還認得幾家？只有一家賣帆布床的，一家專門縫製工人服裝的，一家賣火水汽油的，半家電器店。裏面坐着的再不是從前會逗我說兩句話的老闆、老闆娘。年輕、陌生的店員，閒閒坐着；偶爾，一兩個詫異地投我一眼，為的是我站在外邊看他們，又如此毫不相干。

轉入洛克道、謝菲道，一撒溪錢從高廈飄飛下來。舊建築拆掉又怎樣？依然沒拆掉那些古老、悲哀的行業。為了逛行業，灣仔，這名字，在許多外國人心目中，會引起無數蠱惑聯想，也曾使住在灣仔的良家人等生氣。小時候，儘管常被醉得七顛八倒的外國水手嚇個半死，一旦碰上有人說「灣仔很雜」，總忙不迭為它辯護。十多年後，才明白那種辯護是徒然的，但人總該有過如許天真感情。

一帶霓虹燈比從前多彩，閃耀着的名堂也奇異，街上卻顯得冷落，除了某些店子門外，幾個站站坐坐的「閒人」，路客多是匆匆。許是歡樂時光未到？還是這角落已漸趨凋零？

別疑惑，這已經是幾乎完全陌生的灣仔了。

偶爾路過，大概那幾幢舊樓的原因，挑起一個老街坊的絲絲憶念。

懷舊，恐怕不只是生活得過於平淡的人，討點苦頭來折磨一下自己的玩意；而該是一種追溯本源的沉厚感情的重現。假如，把懷舊當成潮流，未免太污蔑它了。

一九七七年七月十二日

話說灣仔

我搬離灣仔二十多年，可是，她仍令我牽腸掛肚，說起來話就多了。

「七千美國水兵湧港」！灣仔，這個瀰漫着蠱惑、肉欲聯想的名字，又湧現在七千個兵哥心頭了。而我只能說，這就是命了——灣仔的命中注定，帶了桃花邪運。也許，那是一筆孽債，延綿一個世紀。

那是十九世紀中葉，站在船街朝北街頭，就會面對維多利亞港的海傍。叫船街，就因為可以看見船。回過頭向南山邊望，洪聖廟裏，漁民上岸供奉的香火鼎盛。應該還有一座大王廟，如果不是，怎會在大王東街大王西街？靠近海，來自四海的浪蕩兒，就會上岸腳踏實地，除了酬神感恩的心靈慰藉之外，還得證明肉體的果然存在。船街、石水渠街一帶，女人幹着最古老的行業，跟西環石塘咀的阿姑不一樣，他們享不了十二少的揮金與情義，貧窮的一宵交易，只有骯髒，沒有記憶。

船街在海傍的光景，我沒趕上。以上一切，都單憑文獻紀錄，再添想像得來，但卻足夠證實，灣仔的孽債由來已久。

我出生於灣仔，從懂事開始，看見的海傍，就在告士打道。填海改變了灣仔的地貌，但命，卻沒多大改變。

父親愛到海傍散步，晚飯後，穿上布鞋，「去海皮啦」，父女二人便下樓去閒逛一回。

自軒尼詩道轉出柯布連道或菲林明道，總得經過洛克道、謝菲道兩個街口，那一帶都是寧靜民居。到了海傍，店鋪沒開幾家，灣仔差館重門莊重，右邊幾戶是小型貨棧，沒人氣。父親會拐向左邊，路過金城戲院、六國飯店。這樣走，必然經盧押道或分域街走回軒尼詩道。這樣走，經過的謝菲道和洛克道，氣氛就很不一樣。舞廳、酒吧、賣些不明所以東西的小店，輝煌不輝煌的開着，紋身店在二樓，溪錢張張自樓上飄下，老女人蹲在坑渠邊燒金銀衣紙，紙灰飛舞如幽魂。幾個年輕妖冶女子站在店前或者梯口，自顧自地談笑。這時候，父親臉上總會泛起奇異的笑容，而我早就懂得緊緊握住父親的手，快走幾步，把他拉離色欲視野。四十年代末，我只是個小學一二年級學生，很乖很純，但父親從不忌諱甚麼，在逛街時告訴我許多故事，包括塘西風月和灣仔花事——花事，是男人想出來，做壞事做得心安埋得的雅詞，我怎也不能接受。父親還描敘過三年零八個月日佔時代，在洛克道慰安所裏，香港女人的悲慘遭遇。為甚麼慰安所又要設在灣仔呢？父親說九龍也有。為甚麼香港區要設在灣仔呢？大概因為靠近「鐸也」，那個海軍基地吧。父親最怕我刨根究柢，他必須找個令我信服的答案。

五十年代，國際風雲正緊，香港在遠東地位不尋常，說是水深港闊，各種船艦補給服務周全，英美艦隊到來，原因大方正常。但還有眾不周知的其他原因，美國艦隻來得最多。穿雪白夏服或海軍藍冬服的兵哥，在分域碼頭上岸，就像蝗禍蜂陣，穿插灣仔街頭。他們買醉，醉得昏昏然，他們尋歡，歡得七顛八倒。都該多得那個塑造蘇絲黃的 Richard Mason 唔少，再加上電影裏關南施的外國人心目中的「中國女人」相，兵哥攬住個中國女人，就以為自己是威廉荷頓，還一生情債。

蝦球在這一帶繞了十幾轉，然後走出告士打道海邊，六姑一手拉住他，教他一句灣仔通行英語，央他幫幫忙，叫他到海邊跟那個半醉的水兵說：「標蒂夫格爾，溫那，端蒂法夫打拉，奥茄？」

我們沒有 Richard Mason，卻有黃谷柳。他在《蝦球傳》裏，把灣仔春園街、修頓球場、告士打道一圈風月地細加描繪了。你試猜猜六姑教蝦球的那幾句灣仔通行英語是甚麼意思？真可惜黃谷柳不用廣東話記音，寫下來只是洋涇濱，失去本地風味。

五六十年代住在灣仔的良家婦女，確實無奈也無辜，半醉或大醉兵哥，情急性急，不知就裏，不懂門路，往往在路上亂顛狂闖，有時候更會到良家來拍門吵鬧，嚇得女人小孩東躲西避。受過驚恐，到今天，我對水兵仍存反感。奇怪的是記憶中，只有穿雪白夏服還有黑亮皮靴的水兵，卻不記起海軍藍。

不必考究從甚麼年代開始，不再看見穿軍服的兵哥在路上走。灣仔又從海奪地，地圖上多添港灣道、會議道、博覽道。政府大樓、各種商廈、酒店、會議展覽中心，都建起來了。政治行政商務進駐灣仔，反過來可以這樣說，中環的行政商務地位給灣仔搶去，有點不服氣，建在灣仔的「中環廣場」命名，很有些醋味的象徵意義。金紫荊、回歸碑，都安放在灣仔海傍，移交大典在那兒舉行，升旗禮在那兒舉行，我還有甚麼不放心的？灣仔要脫胎換骨了。

七千沒穿軍服的美國水兵上岸，報上照片，都見他們在灣仔作樂狂歡的樣子。今回，等待着他們的還多了菲籍女人。黃昏時分，灣仔的某些層樓上，還有溪錢飄飛嗎？

在智慧型高科技設計的大廈外，在電腦控制玻璃幕牆閃燈的光華背後，灣仔竟然仍沒法擺脫命中之孽，Vice Returns to Wan Chai！一九七七年有人在西報上慨嘆，今日，我也許是過慮了。但誰叫我生於灣仔？

再加一筆：我沒忘記解開謎語，那幾句灣仔通行英語是：漂亮女子，一晚，二十五元，OK？

想深入了解灣仔身世，請讀施其樂著、宋鴻耀譯的《歷史的覺醒——香港社會史論》中的〈灣仔：尋求認同〉。

二〇〇〇年三月

街上沒水兵

路經灣仔，特意留神街上有多少洋人。駱克道酒吧敞開大門，坐滿洋人，看髮型就知道是兵哥。軒尼詩道也見三五成群的洋人閒逛，其中一堆站在理髮店門外看價目表，看了很久，不知作何打算？他們都穿便服，不再是白衣褲白軟帽的水兵，我這個老街坊邊走邊說：街上沒有水兵。

美國企業號帶來六千官兵船員，二〇〇〇年二月，七千美國水兵湧港揮金，成為報紙頭條新聞，今回似乎不再哄動。記不起從甚麼時候開始，外國軍人不准穿軍服在街上走，灣仔早就不見水兵蹤影了。

從報上得知，水兵上岸，要遵守的規條甚多，包括不得進入某些大廈、藥房、的士高，不得光顧紋身店、穿洞店，不可租用汽車，禁止在公眾地方買醉鬧事。種種軍紀，令水兵不敢亂來，比起四五十年代的無法無天，實在變化很大。

偶爾，仍可見高大洋人摟着亞裔女人走過，她們不是蘇絲黃，但英語流利。忽然記起《蝦球傳》裏，妓女六姑在告士打道教蝦球去跟半醉的水兵說：「標蒂夫格爾，溫那，瑞蒂法夫打拉！奧茄？（Beautiful girl, one night, twenty-five dollar, ok?）」這幾句洋涇濱式對白，除暴露了作者黃谷柳不是廣東人外——廣東話「girl」不會發音成「格爾」的——也逼真描述了四十年代灣仔海傍的風塵。

灣仔海傍，矗立幢幢高樓，滾滾紅塵，未知是否已成過去？街上沒看見爛醉的水兵，老街坊也淡然走過。

二〇〇六年八月十日

灣仔舊貌

同一個地區，不同年代有不同樣貌，鑄就人們不同記憶。

同是灣仔，年齡各異的街坊，腦海中留下的痕跡，大有分別。

三四十年代出生的灣仔街坊，心中口中，都沒有「藍屋」的印記。我在石水渠街灣仔醫局出生，青少年代在那裏來回走動，根本只見顏色灰白的唐樓，變成藍屋，恐怕已是八十年代末的事了。

灣仔有些舊景已逝，追不回來，你一說「新亞怪魚酒家」、「悅興酒家」，我就知道你是甚麼年代的人。我一說駱克道街頭美國水兵，老一輩又會知道我是四十年代的人了。

我懂事之前，灣仔面貌如何，我說不上。忍不住抄下一九三五年的文字如下：「灣仔新填地一帶，跳舞院如春筍般林立。黃昏後，抑揚柔和的音樂聲，就從三樓或者四樓上邊分播下來。這些跳舞院的規模並不很大……舞女幾乎全數是中國的少女，可是舞客卻也不少是英國的水兵。」這段記載讓我明白新填出來的告士打道、謝斐道、駱克道，一九三一年建了樓房，就已有聲色行業，而那時候來的卻是英國水兵。

我路過灣仔道、春園街，幾乎沒有一家店鋪是舊識的。整條春園街，只有公廁還在老地方。那天我站在公廁前，才猛然發現它也變了身，一半變成了垃圾房，一輛垃圾車正徐徐倒車進去。

銅鐵鋪呢？蛇鋪？生草藥鋪呢？

來不必待市建局來動手，灣仔早已年華暗換，舊貌全非了。

二〇〇六年八月十八日

我們的石水渠街

我們的石水渠街！我也能這樣説嗎？

灣仔區議會與聖雅各福群會合作，做了一個街史運動的口述歷史，以近來説得沸沸揚揚的石水渠街為例，記錄老街坊記憶光影，雖然簡單，仍能隱隱然留住一條街的滄桑故事。

讀着讀着，發現我不是街坊，不像幾位口述者一般，與石水渠街結下幾十年不解情緣，可是在這條街上，我呼喊出生命第一聲，吸入第一口人間空氣。

我在灣仔診所分局出世，母親不肯由接生婆經手接我來這世界，儘管分局還是很簡陋。四十年代它還存在，低矮紅磚建築，外貌不揚，每逢路經，母親總會説起，與姐姐出生後相隔十一年才懷有了我，有點高危，不放心給土法接生，就去西法的分局了。小時候，對甚麼出生地，沒有強烈感情，記不住分局樣子，但對石水渠街仍留下深刻印象，是因為契娘曾住在那裏。

其實，契娘是我家的女傭，舊日賓主情誼深厚，她帶我成長，母親就要我叫她契娘。和平後她在石水渠街開了家庭式洗衣店，為了那兒有天然水源，屋前有大塊空地曬晾，方便工作。我常到她家去玩，也幫她從竹杆上「收衫」。因此，在陽光下，聽過不少石水渠的潺潺水聲。

二〇〇六年八月十八日

民間儲寶

路過石水渠街，見一群長者中青年，酷熱烈日下，站着聽青年導賞員講話，大概要開講一頁頁已逝去或快消失的灣仔身世史了。

灣仔，幾乎是香港發展史的神話，關注的人特別多。因多寫了些灣仔，總有人會叫我多介紹，我推辭了，只為説舊灣仔的卧虎藏龍實在多。Uwants 網上「灣仔懷舊」擊點達三十五萬人次。在幾位元老輩的網主領頭下，舊照片、資料的追尋與提供，豐富得令老灣仔如我，驚嘆不已。網友們對一幀街頭照片的某一家店的追查、取證，簡直如神探。他們對灣仔的感情、記憶，深而認真，提貼的照片來自五湖四海，私人所藏更見寶貴。最令人感動的是他們很謙虛，不擺專家學者欵，有錯即認。他們對灣仔的情深，源於生於斯長於斯，為尋回個人生命閃光片段，而不在為了某些主題先行的工作。一位網友竟找出一九六五年幾乎整條莊士敦道上的店鋪名稱與門牌號碼，這究竟為了甚麼？對外人來說，可能毫無意義，得開過頭。可是，對他本人，會是重要足跡留痕。

憑着這張「地圖」，我也悠悠然走過一九六五年的莊士敦道：二十號極高樓底的積臣餐廳，去喝一杯冰咖啡；七十號擺滿吸引零食的振興糖果餅乾有限公司，卻沒進去買貴價貨；一八三號的東坡糖果公司，去看望一下在店中打工的母親好友；二〇四號新氣象藥行門前，聽到大喇叭播出「蘇鼠肥兒散」廣告⋯⋯

不止一次，我說過，地區史不能靠官修，也不能靠忽然熱心的社會運動家，更不能靠地產發展商，甚至不必靠學者專研——學者可以專業知識協助整理民間儲寶，過份理智及講究論文程式的處理法，寫不好地區史。

二〇〇九年十月三日

尋找城市痕跡

近年興起尋找我城故事的熱潮。寫文章的、舊照展覽的、新舊對比的、舊物收藏的、互聯網上的……有心認真的人在做，馬虎苟且的人在做。我一一都看了。

剛看了兩個展覽，所感甚深。

長春社文化古蹟資源中心主辦「灣仔、銅鑼灣歷史圖片展覽」，是收藏家任正全的藏品。小型展館，展品卻具代表性。擺設得用心精巧，雖然有些圖片很眼熟，但也有罕見的。一幀三十年代初的菲林明道照片，令我這老灣仔人眼前一亮。原來最早東方戲院、英京酒家的面貌，與常見的和記憶中的，完全不同。整條菲林明道跟一九三九年後所見，簡直另一模樣。城市痕跡一瞬即變，我們尋到舊樣，只為證實曾經存在過，可是，曾經存在過的又與自己經歷過的大異，那是夢外之夢，我站在照片前，感覺十分怪異。展櫃中兩張東方戲院一九四〇年戲票，樓下座位連五仙税，也不過三角錢。想想父親差我去買票的五十年代，後座票價已升至一元兩角了。一切往跡，都靠圖片實物，留住了另一生命。

報上説赤柱美利樓也有個「沙龍『港』故事」的展覽，是按著名攝影師 Hedda Morrison 六十張香港舊照片，配出舊日香港生活情懷。攝影師的照片早看過，專程去看是想了解設計者如何呈現舊情懷。誰料那個所謂展覽，粗劣文字説明，已經難以交差。特別地下玻璃櫃中「陳列」的香港舊物，我實在無法接受。如此爛樣子，就算給遊客介紹香港故事，真叫人難過！

香港人，在無數真真假假、好的差的資料混雜中，要尋找我城舊事，也得練就金睛火眼，分辨誰講的故事最接近真實，免得傷情。

二〇一〇年一月三日

灣仔警署的記憶

面對海傍垃圾碼頭，告士打道一〇九至一一三號是敦梅學校第三校舍，也是高小時代上學最久的地方。

那座四平八穩的差館——我們那時代不叫它警署，拉你上差館吖嘛！很順口，就在學校旁邊，一二三號。通常小學生活動行走，下了樓梯，多向左轉，返回菲林明道旺區。向右轉沒幾家店鋪，除非去同學李克妹或陳株家玩，我們甚至怕經過差館門口。當年差館門口，有一幅告示牌，通常貼滿緝捕犯人通告，上有犯人照片或圖形，樣子多兇神惡煞，我們不敢多望一眼。更奇怪的是人人都會不自覺走快幾步，大概與小孩子深信「生不入官門」有關。自從李克妹改名李靜雯搬走，陳株在一場颶風中，從騎樓給吹下街跌死，我班同學也完成小學階段，各自四散升學，都不再右轉經過差館了。

幾十年，它旁邊的樓房拆了建新，又再拆建新，有時我站在華潤大廈對面，用從前不會看到的角度，（我們怎會在海上回望岸上？）凝望着差館，依然故貌，卻顯得甚矮小，甚麼叫滄桑歲月，就立刻呈現了。偶爾一次路過門前，竟見塗上花彩圖畫，玻璃門內潔白光亮，沒一點記憶中的陰森詭異，甚麼時候改變，我沒有頭緒。

看報說它要「活化變酒店」，標題「歷七十八載，灣仔警署周五落更」，落更，這個詞用得真蒼涼。彷彿見一垂垂老去的老差人，緩緩走向槍房，解下佩槍，完成任務。變成酒店？

也許在以旅遊消費為重的城市，心思總纏繞在要遊客花錢身上，反正地近金紫荊廣場，改成酒店，乃最划算。

我看着落更的它，仍很熟悉。無法想像他日豎起霓虹燈，打扮起來的樣子。

二〇一〇年十二月五日

我的灣仔太小了

有人來訪問要我談灣仔，我怕得很，因為記憶中灣仔早已失去，老講舊灣仔，連歷史痕跡都抓不住多些，只在舊照片中，指點傷情。青年一代講甚麼藍屋、綠屋、喜帖街，對老灣仔人來說，更不是滋味，那都是新痕，我們老一輩沒資格嘮叨。

早在一九九二年，港灣道十八號的中環廣場出現，我就苦笑跟友人說「灣仔失守了！」當然，七十年代高士打道不再在海邊，一幢幢高廈建成，藝術、行政中心移到新填地來，灣仔就身份有變。等到七十八層大廈聳立，身處灣仔，竟命名「中環廣場」，這算何道理？往好處想，浙江街在九龍，比華利山在香港，顯示浙江人住在九龍不忘本，傾慕比華利山風華的人試把它重現在香港。如此推論，可作如是說：行政人念念不忘中環，移至灣仔，仍把名字帶去，標誌風光。

最近讀灣仔區議會出版的《灣仔風物誌》，才發現灣仔變大了，把大坑、銅鑼灣、跑馬地、司徒拔道等區收編進版圖。甚麼時候，灣仔把這些區都吞佔了？仔細回憶，心目中，灣仔範圍，向東不過怡和街，向西不過大佛口，向北貼近高士打道海皮，向南稍越皇后大道東到堅尼地道。這沒有官方考證，只是三四十年代老人的印象。原來，灣仔富起來，大起來了，可是已非本來面貌。翻閱該書，像讀一本陌生人照片冊，吃喝玩樂、毫無故人感情，完全非我的灣仔。

我的灣仔太小，濃縮得只有幾條街，幾十列唐樓。十數學校、一個修頓球場、幾間戲院、兩座殯儀館、百家店鋪、茶樓、大牌檔、街市……柴米油鹽醬醋茶，街坊閒話，人情足以跨街越巷。

我的灣仔，是濃縮版的。

二〇一一年一月二十九日

前事後師

看「三年零八個月」的電視紀錄片，除了部份常見攻略戰片段和入城式紀錄外，最令我感興趣的是訪問新界曾經抗日的老人家、當年保衛香港的退伍軍人。可惜，時間所限，又或者不慣面對鏡頭，他們都說得太簡略，年輕一輩恐怕無法通過敘述，理解那一段悲慘香港歷史，更不會明白在日軍治下的香港人怎樣捱過三年零八個月黑暗日子。

香港人許多仍難忘那種死裏求生的經歷，寫成文字的也不少，最近出版的一本是謝永光寫的《戰時日軍在香港暴行》。這書作者參考了很多文獻，掌握資料很充足，較能全面地反映三年零八個月的恐怖面貌。

除了回憶文字外，我認為有些第一手資料也不應錯過，可是許多研究者都沒有採用，那就是香港戰罪法庭的紀錄。日本投降後，一九四六年一月，香港就設立了特別法庭，專門審判戰犯。每一審訊，都有許多倖存者上庭作供，每天報上刊出的口供，真叫人毛骨悚然。受害者一字一淚，戰犯表情麻木，甚至一一抗辯，都真實描繪了戰亂期間慘狀。我們讀到第一號戰犯日本憲兵隊長野間賢之助的暴行、攻略香港的田中良少將的殘忍，軍國主義的嘴臉行為無所遁形。

我們重溫歷史，不是為了記恨，而是不想歷史重演。看「偷襲珍珠港」的日本人，五十年後，面對鏡頭，說起當年事仍眉飛色舞的樣子，想到日本資金大量投資香港、想到日本天皇會親訪中國、日本企業家已領導亞太區經濟雄視世界，……忽然覺得那是「大東亞共榮圈」的幽靈借屍還魂，而我們的下一代卻一無所知，就不禁惴惴不安。

有無數的重大事情要我們往前看，但對前事毫無認識，也不是辦法，「前事不忘，後事之師」這句老話，還是有道理的。

一九九二年一月十四日

淒涼感覺

聽李天命演講，他說到一樁自身經歷：童年見過乞丐在他家門前，用開水淘冷飯，吃得霅霅有聲，從此，想起獨自吃飯，把飯扒進嘴裏，就有很淒涼感覺。

我當下一喜一驚！

我也有一樁童年記憶，跟吃飯有關。那種感覺，一直纏繞着我，幾十年扔不掉。從來不敢向人提起，還以為只是個人的怪病。如今知道，別人同樣會給某種感覺纏住不放，當下一喜。

香港淪陷，米糧不足，我每天只得半飽。有一天，我到父親工作地方去——他在一間酒莊門外擺小攤，代人寫信。正逢酒莊夥計吃午飯，酒莊做日本人生意，米糧來源充足，只見夥計擎起多角大碗，盛滿熱騰騰米飯，人人用力扒進口裏。白煙裊裊，彷彿我也嗅到飯的香味。從此，每當我路過店鋪，遇到夥計圍着桌子吃飯，又見他們扒飯進口裏，我就自然嗅到飯香——很甘甜的香，無論離得多遠，都可感到，立刻就會滿心淒涼。

幾十年來，生活尚算豐足，自己盛飯吃飯，從沒有覺得飯香，也不明白為甚麼看見別人吃飯會感到淒涼。現在一想，才知道童年的生活匱乏，那種飢餓感覺，竟然潛藏心底，歷久不散，當下也就一驚。

儘管淒涼感覺不好受，但那股記憶中的飯香，卻遠遠比真實的飯香惹人好感。有時路經中式老式店鋪，看見人家「用膳時間」牌子掛起，我總會徘徊一下。

如果這是心理補償，又未必說得過去，因為依補償之理，我應該大口大口吃飯，而不應重溫凄涼感覺。大概也只有這感覺，提醒我記住：我們一輩怎樣艱難活過來，今天豐足，自當珍惜。

一九九二年三月十一日

不認同

六十年代，對年輕一輩來說，已經很遙遠了。

四十歲的母親跟二十歲的兒女去看展覽，想想母親當年只不過十來歲，對着展品，指指點點，也說不上甚麼道理來。

少女指着白綢底長衫，「這件衫，咁少布，好暴露嚁！」旁邊的母親居然沒法子解釋那不是件穿在外邊的衣服。蘇絲黃？唔識。酒吧？冇去過。哦！斑馬佬、平安小姐，我記得嘞。啤，公仔畫得咁肉酸，唔好睇嘅。兩代人的對話，變成會場的旁白，我覺得好像一場諷刺劇。

學生問：老師，老鼠箱，有甚麼用？

我作當場講解：當年香港舊樓多，衛生設備不好，老鼠多。居民捉了老鼠、貓玩死了老鼠，不能亂扔——岔開一筆，講講一八九四年的上環鼠疫，洗太平地。政府為了公共衛生，街頭街尾，電燈柱上掛老鼠箱——岔開又一筆，講講電燈柱掛老鼠箱，比喻一高一矮男女拍拖。好讓市民把死老鼠扔進去，裏面盛了消毒藥水之類，可以殺菌。衛生局派老鼠王按時收取鼠屍，確保安全。現在沒有老鼠箱，老鼠扔到哪裏去？我試探地發問。我家沒有老鼠。舊區或者有，可以叫市政事務署派人來落老鼠藥，他們自然會清理。幸福的一代，他們沒有我小時候的經驗：咬緊牙關，用火鉗夾着死老鼠，跟着母親去扔老鼠。

那是一段艱難歲月。他們還不會曉得四天供水一次，輪水挑水的苦況。樓下門水喉的呼叫聲，曾是都市困境的主題曲。天台學校裏，小學生日曬雨淋——那時候沒有因「壓力」而跳樓的學生。銀行擠提、暴動炸彈……一段艱難歲月，六十年代，對我來說。

六十年代，對青少年來說，陌生而遙遠，能有甚麼認同反應呢？

一九九四年十一月三十日

披頭士的啟示

原來，三十年就這樣過去了。

一九六四年六月，披頭士來港，果然引起了轟動。在他們之前，香港西洋流行曲迷還迷上皮禮士利、白潘等等，但不是樂迷的人討論得最多的是披頭士。

教師家長忽然如臨大敵。也許，那個時候，他們還沒有給香港人好印象，因為不知道誰給他們改了個中文名：狂人樂隊。狂人？「影響青年人走向瘋狂道路、放肆道路。……」「我認為不應讓狂人樂隊之類在香港演出。香港風氣已經這麼壞，阿飛已經這麼多，難道還要提倡這種瘋狂的東西，製造更多阿飛嗎？」——當年《中國學生周報》就做了一個「狂人問題專號」，訪問了著名中學校長，以上是很典型的反對聲音。

但年輕一輩，卻沒有反感。披頭，只是個頭髮稍長，卻修剪得齊整、蓋着前額的BB裝而已。〈昨日〉、〈一夜狂歡〉、〈救命〉，也不是亂喊亂唱，很好聽。香港少女又未見得像西方人般大叫大跳。當年還年青的我們，的確不明白長輩為甚麼要反對。

今天，再看他們的紀錄片，仍然覺得他們乾乾淨淨，保羅最孩子氣。回憶當年，他們說得好：幾年的巡迴演出，只來回在酒店房間、汽車中。在台上，眼看瘋狂的是台下人群，自己最冷靜。對觀眾大吵大叫，不是來聽歌，很不高興，但慢慢也麻木了。

不知道當年的台下歌迷，聽了這番剖白怎麼想。也不知道當今的偶像級歌星有沒有同感，對歌迷有沒有啟示？

一切流行的東西，其實都是一種遊戲，留給人們一點點回憶而已。時間過去，它也會過去，人的生命裏還有許多支點在平衡，長輩雖然好意，但也不必太緊張去阻止，做好其他支點，順其自然，人就這樣從一種種遊戲中成長了。

一九九五年十二月五日

白鸚鵡傳奇

早上、黃昏，牠們都會群飛群棲在樹枝、大廈天台電視天線架上，呱呱呱的對話，呼喚還沒歸隊的同伴。

牠們，只有七、八隻，全白的鸚鵡。

一個月，總有一兩天早上，牠們會選中城西公園一棵大樹，一口一口把粗如手指般的枝杈咬斷，弄得枝葉滿徑皆是。最初，我路過，還以為誰在破壞公物，又或哪個園丁粗心，沒收拾好剪下的廢枝。一次，一大把枝葉剛從上掉下來，幾乎打着了我，抬頭看，才發現牠們正在「努力」，咬呀咬個不停。從此，我就注意牠們了。

原來，牠們的身世，關連着一個傾城的故事。

故老相傳，牠們的行蹤，上不過干德道，下不過般咸道，東最遠到英華女校，西不出香港大學陸佑堂附近。

白鸚鵡，應該養在人家樓頭的鐵架上，怎會在外邊東闖西飛？

牠們的祖先，不知道上溯幾代了，本來也給人家養着的，就在旭和道（編按：現旭龢道）附近。

一九四一年，日本炮火轟到香港半山，三年零八個月淪陷歲月開始，牠們的主人也隨着傾城而不知所蹤了。戰火流離，牠們像人類一樣，從安穩的家飛出來，從此就在港島西區半山，過着風塵日子，一代傳一代，七八隻天天呱呱呱的飛來飛去。

據說，鸚鵡能言，不知道牠們祖先有沒有教曉甚麼語言？傳下怎麼樣的一個城市傳奇？可惜，我不是公冶長，沒法子跟牠們對話，否則，一定可以聽到傾城的故事。

牠們又在城西公園一棵樹上，咬下一大把樹枝了。這棵樹，與牠們有甚麼關係？與傾城有關麼？

我抬頭看牠們，牠們飛走了。

一九九四年三月二十五日

香港節中的杞人

剛從寒風、人潮、燈飾中回來。那是「香港節」，我去湊湊熱鬧。這個節日，真搞得有聲有色。在這前前後後的日子中，到處都鬧哄哄的，像要人家非理會不可的模樣。果然，連我們幾個忙得不可開交的人，也居然把拋卻已久的閒情，重撿起來，看燈飾去了。

站在那大大的燈傘下，彩色有點濃得化不開，罩得人有些暈眩。我使勁想走出人堆，可是，人堆之外，還是人堆。於是，我只好挨着欄杆，定睛看着這：好多人的香港、好美麗的香港。突然，心中竟泛起陣陣的憂慮——我怕，有一天，香港不再美麗！

她是漸漸美麗起來的。戰後二十多年來，無數本來不屬於她、本來不愛她的人，為了不能回歸本來所屬的地方、不能把應有的感情精力獻給自己所愛的土地，才把「所有」慢慢轉移到這暫作居停的小島上來。於是，她繁榮了，變成我們安居之所。這該感謝上一輩的辛勤。但要她的美麗繼續維持下去，那責任就不多不少的落到青年一輩身上了。

香港有二百萬二十歲以下的青年人，他們正在不斷成長中，他們不久便要接替上一輩的工作。要把這份工作接過來，又要幹得好，那倒不是一件易事，因為除了技能知識以外，還需要有適量的群體意識和責任感。這些都來自社會風氣和教育制度，如果成年人不把社會風氣搞好、不改善教育制度，讓青年人在病態中長大，又把工作交給他們，站不穩時，怎辦？

所以，我想，除了大力的辦好那多采的「香港節」外，也該更大力的改好社會風氣和辦好教育，否則……唔！恕我這個杞人，不再說煞風景的話了！

儘管許多人對於「香港節」的各項節目不大滿意，認為有點雜架攤的模樣；許多人說那四方標誌像粒骰子，又像塊呆木；有人批評那個圓球沒有深意；有人罵片片彩條活像招魂幡……但我都不計較，也都歡歡喜喜去看，因為那都是很外在、裝飾的東西而已。在平淡的日子裏，有些去處，讓好熱鬧的人，東跑跑、西看看，在彩色繽紛中團團轉，那就夠了。不過，香港還要有內在的精神、良好的制度，這倒真的叫人關懷，值得我們去用心批評。但願，香港的內在，也多采得一如「香港節」的燈飾。

一九六九年十二月十九日

太空館裏的瑣事

好容易才盼得香港太空館正式開幕了，星期天，趁着熱鬧人潮，進入這個屬於香港的太空館。我說「盼得」，只為遠在十八年前，在台灣的天象館裏，第一次知道可以坐在室內，從天幕上看到滿天星斗；第一次認真看清楚每一個星座的面貌、記住它們的名字，我便盼望香港也有座這樣的太空館，好讓愛星的人和不愛星的人，都有機會多看看「宇宙之大」！

據說門票早在預售期間賣光了，香港市民好新奇，這點沒有甚麼不好。展覽館裏，年輕人和小孩子（當然是六歲以上的）多得很，老人家也不少，圍住嶄新的儀器、陳列展品，指指點點談論着。有些需要個別細看的陳列品前，人們自動排成隊伍，秩序好得很。可是，總有些甚麼不對勁似的，我站在人群當中，心裏不好過。

參觀的人普遍有兩個習慣，第一：不看說明文字。也許，有些說明文字的確簡略了點；又或許那些說明，對某些程度的人，是深了點，但一般人站在展品前，總先互相問，這是甚麼？然後，有些胡亂猜猜，有些會看說明，有些嘴裏嘀咕，一會兒就走開了，可以說看了等於沒看。第二：亂摸亂按。這種情況，還可以分為無意的和惡意的。惡意的不必去說它，無意的就更令人難過，是教育的責任嗎？還是人本來就不單靠視覺，必須加上觸覺才算實在？於是不論可不可觸摸的東西，都動手去摸。

有些本就預備給參觀者親自動手去按的鈕，人們也不好好依指示循序去按，這樣，該看到的答案沒出來，電鈕也給弄壞了。

這座是屬於香港的太空館，它教育我們認識宇宙之大。至於我們身邊瑣事——瑣事卻是該幹的事，又是誰來教育我們？

一九八〇年十月二十四日

城市的光復

一座城市怎樣陷落，我並不知情。

「大清早，炮打起來，由九龍打起來，我們還以為演習呢，誰料，日本仔已在赤柱那邊上岸了。」

「不是在赤柱，在筲箕灣，一直攻到北角，加拿大援兵真沒用，一打就散，我們自己的保衛隊還死拚了一回。」

「總而言之，黑色聖誕日，捉心吊膽。夜裏，更恐怖，日本仔先頭部隊都是爛鬼，逐戶拍門，要花姑娘，刺刀閃閃着光。我家隔鄰的小妹，就遭了不幸，她的呼喊聲，我現在還記得。」

每個人説着散碎的零片，我聽了，但並不知情。

張愛玲説一座城市的陷落成全了兩個人的愛戀，我翻着《傾城之戀》，巴丙頓道、淺水灣在戰火中的容貌，並不清晰。然後，我再看了許多城陷前後的資料，浸在文字的海洋裏，但對這座城市怎樣陷落，我似不知情。

一座城市，怎樣光復，我倒記清楚。

八月中旬，那天天氣很熱，母親帶我到中環一個朋友家，為的是甚麼，我忘記了，反正，大人談些甚麼，跟小孩沒關係。傍晚時份，街上傳來吵聲，人在奔走，事不尋常。遺人去打聽，回來說日本仔無條件投降，天皇已經廣播了，晚上會戒嚴。記憶中，當時大人們不是高興——也許他們心裏高興，但局勢未明朗，不敢表現出來，而是十分緊張。母親立刻帶我坐電車回家，在車上，我記得很熱很熱。車到花園道口，有日本憲兵截停了車，呼叫一回，就看見兩個穿黑膠綢唐裝的中年男人，一面抹汗一面垂着頭下車去了，母親說那是日本人，是憲兵叫日本人下車的。那天很熱，我現在仍記得那兩個中年男人面上的汗水亮光。

回到家，鄰里聚在一起，細語低聲說話。那天晚上，好像人人特別早睡。第二天，卻熱鬧起來，街上人特別多。我最難忘，中午，吃了一大碗我從來未吃過的豬油炒飯。戰爭時，米和油都不夠，豬肉更不易買，沒有幾戶人家可吃豬油，不知道母親那天怎樣能買到，就讓家人開懷吃飽。

「和平了！和平了！」街上有人呼喊。母親臉上的歡容是我沒見過的，我不知道甚麼叫和平，她說：「不再打仗了，不落炸彈了，不再炸死人了！」我也很開心，因為我怕炸彈——我差點給炸死，也看過滿街給炸死炸傷的人。父親顯得最興奮，天天往外跑，回來就報告：英軍登陸了、正式受降、降書簽了。……一切好消息，對我來說，都比不上不必再跑警報、不再聽見 B-29、不再聽到炸彈聲等等那麼快樂。

一天，父親突然一把拉我往街上跑，原來英軍押解日本戰俘正經過大街。英軍拿着上刺刀的長槍，日本仔列隊慢慢向前走，夾道的中國人，有些破口指罵，有些向他們扔石頭。

石頭扔出去，打在日本仔身上，再落在地上，一個英軍走過，就用腳把石頭踢回旁觀人堆中，又有人拾起來，再擲向戰俘行列。石頭每擲出去，人們便歡呼一次，很長的一列隊伍，就在漫罵歡呼中走過。我忘記了隊伍中的日本人有甚麼表情，在紀錄片裏，看見的竟是昂首的多。

「蘿蔔頭，點豉油，點得多，鹹過頭……」我也跟其他小孩子高聲唱着。

三年零八個月，在飢餓和死亡的恐懼中，沒死去的香港人夾道，看戰敗的日本人昂首走過。

一九八八年五月十三及十四日

沒有歷史感的城市

香港，是一個沒有歷史感的城市！

香港人，「被教導」成為沒有歷史感的市民。「被教導」，是一個生硬而找不喜歡用的詞語，但事實卻非用這詞不可。為了證明上述的說法，必須說一點歷史根源。

香港的歷史，對英國人來說，是一種忌諱。——通常犯忌的都由於不光彩。舉例說明：許地山在一九四一年三月，為《時報周刊》寫了一篇〈香港史地探略〉，該文第一部份是「香港割讓經過」，刊出的時候，就給香港政府檢查留問，整段抽起。如果嫌一九四一年距今太遠，不妨說說我唸中學的時代，也就是五十年代末期，中國歷史科，例不必讀鴉片戰爭。如果五十年代還嫌太遠，就說說現在吧！中學中國歷史，據說為了方便教與讀，分成甲乙丙組，丙組是近代部份。又據說許多教師認為丙組太繁太多，施教不易，學生也認為十分難記，應付考試吃力，通常「情願」不選考丙組。於是，香港中學生是在十分情願狀態下，不唸中國近代史。巧妙的策略就在這裏，不是英國殖民地政府——教育政策不讓你們中國人不唸中國近代史，而是，你們自己「情願」不選修中國近代史——我看見過中四學生因不必選讀「中史」而雀躍萬分，也見過中史老師力爭放棄丙組的激動神情。這樣，大家情願，十分好辦。香港人，在非常「合理」情況下，不唸中國近代史，當然也不必知道香港歷史了。

生活在「借來的地方」的人，不必問前因，就漸漸「被教導」成為沒有歷史感，只會拚命向前衛的群體，這對於殖民地的統治者來說，實在是非常適意的事。而對於香港人，又好像長久以來，沒有甚麼不妥當。

既然，香港的由來，對英國人來說並不光彩，而香港人不知道歷史，不問根源，就更方便統治，沒有一本香港史，遂成了順理成章的事。香港發展的步伐快，香港人忘記前事也更易。遙遠的故事，我們不必追問了，試去問問現在的中學生，甚麼是「五月風暴」、甚麼是「中文法定運動」、甚麼是「保釣運動」、甚麼是「反貪污、捉葛柏運動」……這一連串距今不遠的香港歷史，看看十來二十歲的香港人有甚麼反應，我們自當明白：「香港是一個沒有歷史感的城市」的意義。

自五六月以來，這種「欠缺」忽然給人察覺了，年輕香港人於一夜之間，察覺了中國的存在、香港的存在，他們要追問，追問那些前塵往事，追問自己和那些事情的關係。這是一個大好時機——衝破這「沒有歷史感」的缺口，真是付出很大代價，我們必須珍惜！

以後的日子，怎樣保存歷史，怎樣讓青年一輩了解歷史、汲取歷史的教訓，怎樣評價歷史，都是非常急切而重要的課題。沒有歷史感的人，最大的特徵是三分鐘熱度。如果我們不掌握這難得的時機，循着已經衝開的缺口，不斷累積深化，日子流逝，一切有血有淚的教訓，一切今天驚心動魄的事跡，很快很快，就會變成一個個簡略而模糊的名詞，甚至，連名詞也不留下，對後一輩人來說，就像甚麼都沒發生過。

創造歷史是艱難的，保存公允的歷史是艱難的，了解認識歷史是艱難的，從歷史中汲取教訓而不重蹈覆轍是艱難的，一切舉步艱難，特別對一個長久以來沒有歷史感的城市來說，我們必須付出更大代價——歷史告訴我們：我們已別無選擇！

一九八九年七月二十五及二十六日

行街

春秧街

春秧街，這樣裸露着，這樣陌生，我完全忘記了，這才是它原來的面貌。經過多少歲月，它由一條街，一條電車路，變成一個菜市場，一個有車輛駛入的行人專用區？

乾貨濕貨的攤子立在兩旁，固定攤檔外，還加臨時小攤，強橫霸道，中間的電車軌常常給人遺忘了。微妙的地方就在這裏，這不是個法定行人專用區，但私家車絕少駛進來，送貨的貨車偶然進來，電車卻按時按班駛進來。龐然的電車，幾乎逐寸向前挪移，買菜的男男女女，老老幼幼，「感覺」電車駛近，就把身子一側，僅可容寸，電車自他們背後緩緩——緩緩的路過，一切如此相安無事，遂成春秧街的一種風光。

說乾濕貨攤子分立兩旁，也不十分準確，真正的濕貨——水汪汪的魚攤，設在街的快盡頭，電車轉彎快到北角總站附近。魚攤多在晚市時份擺設。大鯇魚給刀切分半，仍偶然掙扎暴跳，甚麼不知名的魚，也作最後喘躍，噠噠濺得買者一身一臉，退後一步，踩着後邊看者一腳，哎吔！好新鮮。沒有說對不起，又沒有誰生氣，那是魚的問題。

至於沿街那一檔雞蛋比另一檔的雞蛋會好些，同是賣蔬菜的，甲老闆娘比乙老闆娘更愛罵人，街頭生果檔價錢較老實，那一攤是福建小食專門，甚至阿丙水果攤上養着的幾隻彩鳳吵得很——春秧街老主顧都心裏有數。

一九九三年三月一日開始，各式攤子要遷到附近新建好的多層街市去了。春秧街回復了一條街、一條電車路的樣貌。幾個拎着菜籃小車的主婦，依然慣性地在街中央走着，有點若有所失的神情。

風光過後，一切變成記憶。

一九九三年三月十八日

北角

英皇道三六八號，一幢五層建築物，孤零零仍在那裏，彷彿是小上海最後一口喘氣。

老街坊知道它的歷史，它和左右一排房屋，連同馬路對面的樓宇，五十年代初建成的時候，構成了小上海的風光場面，叫保守小儉的香港本地人，大開眼界。

由皇都戲院到北角電車總站一段英皇道，五十年代初，由平地一片，忽然矗立了一群新樓。現在皇都戲院與北角道之間，建起一個大遊樂場——月園，巨大的摩天輪轉又轉，離得遠遠都看得見。

上海人帶着家財來到蕞爾小島上，買地蓋房子，把一切生活習慣都帶來了。忘了在那間叫「三六九」還是叫「四五六」的上海館子，點了餛飩和排骨麵，結果來了兩大海碗，食量不大、吃慣小碗雲吞麵的土包子嚇得面無人色。月園的壁上飛車、蛋子表演拉車，哈哈鏡與迷宮，成了本地孩子最嚮往的神話。

小學三年級，班裏來了個新同學，梳兩條小辮子，整天不開口，一開口説阿拉儂，老師總不叫她背書答題，我們好羨慕。我最熱心教她講廣東話，她請我回家吃上海炒年糕，從未吃過這樣黏這樣熱的東西，往嘴裏一放，黏住上顎，痛得呱呱叫。到今天，我還記得她請我吃年糕，她還記得我教她廣東話。

成年人世界好像沒有那麼和諧，小孩子並不知情，但偶然也聽懂一兩句閒話。

上海佬上海婆好惡死！

上海話難聽到死！

上海佬炒貴晒地皮，搶貴晒嫲姐……

海派到死！

本地人偶爾踏足北角，總有點酸溜溜，小上海，是南來新貴的地頭。

北角由一塊濱海荒地，搖身一變富貴之區，新建樓宇，比起灣仔舊區，是光鮮得多，有些住在這裏的人，財粗氣大，本地人看不慣，「海派」成為貶詞。同學的爸媽，對着堡壘街的新家，老是搖頭嘆息，「從前我們在上海呀……」就是憶當年風光的開篇。

小孩子只覺同學家又光又大，在那裏第一次看見冰箱，第一次坐梳化椅，海派，大概就是這個樣子吧？沒有貶義不貶義。

成人世界的爭拗一定不少，粵語片裏，語言不通，成為笑話主要題材，當然少不了挖苦一下：報紙變包子、竇打老道變我打老豆、上海佬碰釘子。國語片裏尤光照頂住個大肚皮，成為我們印象中的上海佬典型標記。這些爭執，一直要到六十年代初期，才顯出一些融和跡象。忘不了梁醒波、尤光照兩個胖子，一南一北，在電影《南北和》中的鬥氣方言和片段。現在細想當年，南來人和原住民都經歷了艱難的相處日子。

等到廉租屋村蓋起來，本地人、福建人搬到北角，本地人口中的上海佬又不知道甚麼時候搬出北角，他們住過的房子拆了重建更高更大的大廈……無聲地北角在蛻變，日換星移。

真差點忘記了北角叫做小上海，有一天，誰衝着我說：「哦！原來你住在小福建。」我才猛然想起：那小上海呢？傾耳細聽，果然福州話響得很。

跑到街頭，只認得孤零的三六八號一幢樓，月園縮成短小的月園街，青年一輩如何憑此設想小上海風情？

彈指四十多年，北角，盛載着許許多外來人的步履，走了一程又一程，本地人，也看盡風流。

一九九二年三月二十三及二十四日

看銅獅去

眾人上班辦公時刻，我走到中環匯豐銀行總行門前。門前？哪裏算是門？舊日的三道銅門，我記得清楚。但甚麼後現代主義，一時弄不懂，只知道新的建築，活像一所未完成的工廠，裸露着冰冷的死硬的身軀。沒有門，視線自德輔道穿透到了皇后大道中，電動梯橫切了大堂中間，大堂？那不該算作大堂，乘電動梯上去一層，才算正式的銀行辦公大堂。乘？是企。是站。

忽然，我竟發現許多舊日慣用的概念、詞彙都變得不正確。有門沒門、大堂、是乘是企……迷糊迷糊，我只好笑。

我是有意特地走到中環匯豐銀行去的，為的是看那對銅獅子。活在香港幾十年，原來從沒有細細看過那對獅子。去看，去撫摩一下，去查看雕塑家的英文名字。

不是吳冠中在文章裏提到，我並不知道那對銅獅是國立杭州藝專的外籍教授魏達所作，遠在一九三五年，林風眠當校長的時代。果然，W. W. WAGSTAFF 的簽名，深深刻在銅座上。

威武張開了大口的一隻，竟然負了那麼多傷痕，一個個洞，裂得深深的。甚麼時候受的傷？五十年的歲月，牠開了口，卻沒說話。

我繞着獅子走幾圈，一個大概在等人的人瞪着我，又不像遊客，這個人要看甚麼？一個土生土長的香港人，第一次細看那已經在那裏幾十年的獅子，先生，你明白嗎？

他當然不會明白。

我摸摸牠的指爪，尾巴。有些已給人摸得發亮、黃澄澄。

哦，原來我連銀行的名字也說不全，它叫：香港上海匯豐銀行。

一九九四年一月十九日

大街風情

車塵起伏，我走過香港大街。

追念着一幢幢舊建築物的原來模樣，眼睛很不適應、腦袋很不適應、感情很不適應、記憶很不適應。……

思濠酒店、中環郵政總局、香港大酒店、連卡佛大廈……突變為亞歷山大廈、環球大廈、置地廣場……。一代有一代的面貌，一代有一代的名字。

可是，不必等一代，鏡頭快速跳接：渣甸變怡和、怡和變會德豐、會德豐變隆豐，隆豐變回會德豐。奔達變利普，樂康變和記，同一座大廈，換一次主人，名字轉一次，商貿節拍，沒有留戀，沒有回憶，一切向前狂奔，這叫做進步？也許是，應該是。

台北，情況跟香港差不多，但她有一群對她懷着深深思念的專業者，對一個行將面目全非的城市，用一種專業卻情深的方法，記錄了變化過程。這群人選定三條風格迥異的大街，認真地捕捉它們的時空變化，既有觀察，也有體驗，有資料，有感情。然後用最體貼又不枯燥的文字，用最適當的圖片，出版了一本書。他們說「我深愛台北，可以為她哭泣，也可以為她歡笑，很希望有更多人一起來愛這座城市、懂得去欣賞她、閱讀她。」

愛一座城市，從愛一條街開始。他們融入感情地去細細讀一條街。

聽說香港正也有一群人着手做類似的工作，我等待着。

坊間常見許多掌故式的、懷舊傳說式的香港舊貌紀錄小書，可是執筆的人，往往既欠專業，又缺乏對香港的深情，筆下不是呆滯就是輕佻，令人讀來很不是味道。

台北有幸，有一群有才有理有情的讀者，細認她的風情。

一九九四年四月一日

別矣紅磚

再建紅磚！再見紅磚！

彩旗還在飄揚，來不及卸下，禮拜堂四周已架了圍板，再見？是永別了，再建，已經不會舊時模樣了。

作為灣仔地域的地誌——紅磚建成的循道禮拜堂，終於要拆卸，老街坊如我，難免淒然，不知何故的淒然。

也許，它夠老，也許，它那既中既西的建築形體夠罕見。也許都不是。

灣仔，由兩座尖型建築物，把軒尼詩道、莊士敦道分隔開來。東邊是德士古油站，西邊就是這座紅磚中式禮拜堂。小時候，難得一次到中環去，乘電車回家，到了大佛口，看見紅磚教堂，可安了心，因為再過三個電車站，英京酒家、東方戲院在望，就快到家。不覺把它當成灣仔與荒涼的中環邊緣的地界，已經成了習慣。

一九八七年夏天，老詩人鷗外鷗老作家李育中，闊別香江五十多年後重來，面對本來熟悉的灣仔，無法辨認，顯得惘然。我就帶他們走到紅磚禮拜堂前，他們那如見故人的雀躍，至今難忘。它證實了重來非夢，老人家久歷滄桑，劫後歸來，它是一種實體證明，是一種物證。

幾十年在它身邊走過，可從沒有進去看看，不是教徒，不好平白打擾。那天，路過時，正好教堂辦個甚麼紀念會或告別儀式，辦事人忙於掛上彩帶之類，我在門外探頭張望，就是不好意思走進大堂去。現在想起來，未免有點後悔，這一錯失，以後便不再了。

也罷，反正，它存在我心中的，就只是外貌，矗立不動的紅磚身軀。記住它，記住灣仔地界。別矣，紅磚。

一九九四年八月二十六日

行街 組畫之一

中環上環，仍然有許多有趣的街景。

沿荷里活道向西走，專為西人而設的東方風采，專為香港人而設半西半中的品味，混和在一條街上，中西文化交流變得如此具體，不必搬許多學術名詞，往那裏走走，可讀完一篇文化論文。

新建築物特有的油漆灰水味還沒散去，添福，說有多俗氣就多俗氣的大廈名字。不，多中國就有多中國的農村身世。

由三樓走下來，已經看完極富泰、豪華、雅致的紙張，一樓是個藝廊，劉掬色版畫在那兒展出。柯式印刷機、彩色影印機、拼貼……對我來說是陌生的畫具和技法。寂靜的畫廊，「窗外香港」的燈光，忽然閃亂我的心神，遙遠、模糊、錯綜點染如在夢中，我幾乎忘了看窗內的世界。燈光竟成一種羈絆，微弱卻深厚。然後，「六月裏的一個早晨」，另一段時空，我故意把視線迅速移開，卻又不忍地再深深注視，凌亂如幽靈的影像，畫家彷彿也有點煩躁，畫面上透露了粗暴的痕跡。

冷靜的牆壁上，掛着熱切的顏色。我沿梯而下，西方的懷舊迎上來。蹲下去看一個桃木小櫃，小抽屜最好盛載小小中國白玉飾件。我拉開抽屜，又關上了，坐在寫字桌前的人抬頭說：隨便看看。

隨便看看，隔壁就是卑利街。

街邊老婦攤開一地舊衣服、雜物，五元兩件，她對我說。宏昌醬園的冬菇蝦米髮菜腐竹霸佔了整段行人路。久違的酸筍味吸引着我，那種酸鹹得很曖昧的氣味，很熟悉，酸筍蒸魚雲，只有母親和我吃。

百子里、三家里、士他花利街、威靈頓街，足下香港，敲出獨特的城市音符。

一九九四年十月二十四日

行街 組畫之二

攝錄機那麼方便，我也買了一具，但行街的時候，總忘記帶在身邊——也沒有理由，天天帶住一個小機器，滿街走。帶着，也後悔有點遲了，有些街景已經消失，我永遠如此後悔。

沒有拍下利舞臺、沒有拍下灣仔循道禮拜堂。那天，我正在想灣仔洛克道的四層高連走馬大騎樓的舊樓，只剩下了舊日風光極度的巴喇沙那一幢了，該拍下來。走馬大騎樓？怎麼走馬？一時間難對青年人說得明白。想都沒想完，它就拆了。

灣仔還有幢四層高唐樓，是間當鋪、掛着大押字樣。進門一塊大木板，紅色押字擋住街外人的視線。也遮住高高在上、有鐵欄柵的櫃台。我沒進去過，只在粵語長片中看過，廣東人叫進當鋪做「舉嘢」，把要當的東西高高舉起來給朝奉定價。小時候，常常擔心，萬一要去「舉嘢」，自己生得矮，怎樣才可以把東西遞上去。有一次忍不住把這憂慮告訴母親，她瞪着眼：「癲嘅，好諗唔諗。」

這幢當鋪要拍下來。

深水埗幾家阿伯坐鋪面的小金鋪，轉眼就會消失，新填地街大桶涼茶鋪也保不久了。我不買金飾，不飲涼茶，忽然，發現潮流興買金，是站着看站着買，沒有阿娘阿婆坐上半天磨價的風景。涼茶鋪燈火輝煌，牛奶木瓜、芒果西米撈，涼茶變成配角，但也不便宜。偶爾一家，兩個大銅壺，擦得閃閃生光，過於張揚，已非昔日貧下階層放下一毛子，就可解暑治病的樸素。

小金鋪小涼茶鋪要拍下來。

「上海灘」，扮古老的店面和櫥窗，很可笑。灣仔洛克道曾有過一間沒有門的裁縫鋪，大裁床一張，鋪着發黃白布，裁縫佬穿白笠衫，軟尺搭在頸後，一切順其自然。

沒有拍下來，只好腦中重播。

一九九四年十月二十五日

夜市

黃昏，中環新填地公廁旁的小發電機轟轟響起來，電線一條一條架在空間，然後懸到小攤檔的鐵管上。聯營的飲食大攤子開得最早，繞佈在它外圍的甚麼椰汁蔗水鹵味小攤，也早鬧哄哄了。中央地段還冷落得很，不必着急，位置大概是號定的，人們也總先吃飽肚子，才來逛雜貨衣物的夜市。

牛肉粥，魚丸生菜湯，生炒糯米飯，好吃，只是也不便宜。「別想當年，又說歷史。五角錢一碗牛肉粥的日子早過啦！」阿慧老愛用冷水應付我的過敏懷舊症。

中央部份的小攤子陸續開了，做買賣的細心把貨物從紙箱裏拿出來，燈一盞一盞亮起就似睡醒的鳥張開眼睛。站在這兒看着空地，怎樣慢慢填滿了攤子，燈怎樣架起來，像電影手法，時間已經在場景變換中過去了。

貼近馬路邊緣的小攤，燈不夠亮，賣的東西也不耀目，不知道他們缺乏了甚麼條件，擺不到夜市的中央去。但接近巴士站那一頭，卻有一個很吸引人的小攤子。兩個外省人賣鍋貼葱油薄餅。他們一胖一瘦，頭髮要都白了，用毛巾紮在額髮之間。胖的高大的像金剛，雙手漲紅，那麼不費勁就掀動鍋裏的鍋貼、薄餅，簡直不把鍋裏的熱油當成一回事。老緊閉着嘴，緊得使嘴角向下拉，唇中央的小肉強調的突出來，一副頑固樣子。他很忙，管下鍋管切管賣。由於他那麼全神去煎薄餅切薄餅，對於「賣」便不大放在心上。顧客要買，得扔下錢，自己去拿，很自助式。瘦子只管低頭搓粉做餅，偶爾抬頭，臉上皺紋的多和深，給人強烈感覺——滄桑的雕刻成果。這夥伴倆很沉默，彼此不交談，也不像別的賣者高聲招徠。他們完全投入，像精心創作一宗藝術品般去弄鍋貼薄餅，使得旁邊的觀眾和顧客，都顯得很肅穆，不會像普通逛夜攤看熱鬧的輕佻。

夜深了，新填地街愈來愈熱鬧，他倆的生意也愈旺，而沉默，在喧囂的夜市裏，卻成了一種誇張的特色。

一九七六年四月十八日

老榕移居

在跑馬地舊體育路上，有兩株老榕樹，樹齡超過百年，看過火燒馬棚，看過幾代鋪草皮的人步履，財散財聚。

它們正在艱難移居！

植物學家說榕樹生命力強，氣根如美髯，着地的根頑強向四周伸展，咬緊泥土不放。婆娑，是它們姿態最適合的形容詞。

為了改建道路，它們要讓路。據說經過園藝公司的專家設計，把它們移往三十米外的黃泥涌道上。

它們生活了百多年，根部在地下縱橫跨過多少面積，誰能準確估計？專家說連樹帶泥，每株榕樹重一百公噸，要移動它們得用特殊方法拖扯。拖扯一株老榕樹？一個很難聯想的景象！

還沒有移居前，它們早已給「修理」過：把伸開的枝幹修短，看來有點呆頭呆腦。設想如何連根拔起，真為它們擔心。昨天，它們開始了沉重的移居，要三天才可走完三十米的路，這是一段極艱難的路，它們能不能在新地活下去，仍是園藝家關注的問題。

「落地生根」，是個令人安心的詞彙。這是甚麼時代了？我還固執着農業社會遺下來的理念。飛翔、跳躍、流浪，十分瀟灑，連根拔起，才是生存之道。

也許是，所以，老榕也移居。

為了生存才移居，移居後必須要生存，那才合理。我關心的就是榕樹移居後能不能繼續生存下去。園藝專家該早有打算，但老榕樹自己也要經得起一次考驗——生命力的考驗。

如果我是個攝影家，一定會把這次移居過程拍攝下來。這是一次生死見證。

老榕樹，請自珍重，你還得在新地再看財散財聚。

一九九五年三月三十一日

花園道口的小丘

站在行人天橋上，我遙遙看着希爾頓酒店，龐大穩重並帶有弧度的身軀，夾在鋼鐵支架式的上海滙豐銀行與稜角尖削式的中國銀行中間，成了都市異色雕塑。很快這天空會出現一個缺口，至於這個天空缺口，又將會給甚麼樣子的建築物佔領，只有某個或某組畫則師，某個或某組決策人知道。

這正如，四十多年前，我並不知道花園道口，遮打球場對面的小丘，為甚麼會被開山工人一鍬一鍬地移平，連同一棵參天大樹也給倒了。後來，就有了一座叫希爾頓酒店的大廈。對於這座大廈，我並沒有太多記憶與懷想，鷹巢、金蓮、厠曬街……也沒留下深印象。倒是對它的前身——它佔有了的小丘，卻念念不忘。

小丘頂是平的，是一大塊泥土地，向東緊貼着炮台里的紅磚屋，向南連着聖約翰禮拜堂。中學時代，天天路過，看見有軍人操練、打球。小丘臨電車路與花園道轉角，有一棵大樹，一到春來，嫩綠小葉招展如玻璃片，夏天就團團如傘。

中學生並不熱心打探小丘為何鏟平，卻十分捨不得那棵大樹。後來，不知道誰發現政府合署門前空地上，還有一棵同樣的大樹，就改變回家路線，天天繞過大樹走向炮台里。我還用了家裏僅存的古老照相機——風琴摺疊式的那一種，為同學拍照留念，照片裏清清楚楚看得見大樹枝椏上許多小葉，大概，是五十年代末的某一個春夏之交。

還有多少人記起那個小丘，那棵樹呢？原來我也忘記了，如果不是希爾頓要拆掉，它不會驀然清晰地呈現。

都市不斷在修改面貌，一切改變，竟是不可抗拒的歸宿。

我步下天橋，朝着回家的路走。

一九九五年五月八日

彷彿依舊聽見那聲音

荷里活道，真是一條奇妙的街。舊房子一幢幢拆掉，新大廈紛紛建起來，可是，整條街，仍鎖纏着古老、歷史的氣味。一個尋常午後，試試漫步其中，你會驚訝：這是八十年代的香港面貌嗎？真真假假的「歷史」，沉默地擺在櫥窗裏、地攤上，並不標明價格，等待識貨的人來！

從皇后大道中往山上走，也許你給弓弦巷和嚤囉上街的小攤、穿得並不光鮮卻聚精會神在討價還價的人群吸引，停住了腳步，埋在某一個小堆中，出神聽他們怎樣用最粗卑的語言，説着一塊他們心愛的古雅玉器。然後，你再往樓梯街向上走，穿過荷里活道，再從文武廟旁邊經過，抬起頭來，就會看見一座紅磚塔，塔上嵌着「青年會」三個大字。看清楚，其實，那不是塔，只是一大座紅磚房子的突出部份，它坐落在必列者士街五十一號。……

二月十八日，正下着一場大雨，晚上九點鐘，基督教青年會的小禮堂，顯得反常的熱鬧，五六百人在裏面，等待聆聽一個陌生的聲音，「以我這樣沒有甚麼可聽的無聊的演講，又在這樣大雨的時候，竟還有許多來聽的諸君，我首先應當聲明我的鄭重的感謝。我現在所講的題目是：『無聲的中國』。……青年們先可以將中國變成一個有聲的中國。大膽地説話，勇敢地進行，忘掉了一切利害，推開古人，將自己的真心的話發表出來。……只有真的聲音，才能感動中國的人和世界的人；必須有了真的聲音，才能和世界的人同在世界上生活。……」

二月十九日，還是下着雨，下午，小禮堂仍坐滿站滿了人，陌生的聲音又從小舞台上傳開：「……我想，凡有老舊的調子，一到有一個時候，是都應該唱完的，凡是有良心，有覺悟的人，到一個時候，自然知道老調子不該再唱，將它拋棄。但是，一般以自己為中心的人們，卻決不肯以民眾為主體，而專圖自己的便利，總是三翻四覆的唱不完。於是，自己的老調子固然唱不完，而國家卻被唱完了。……」穿着淺灰色布長衫的中年人，用他濃厚紹興鄉音向台下的人講話下，幾乎全是聽不懂他的話的香港人，靠着另一個人的翻譯，專注地聆聽。……

你從紅磚屋的正門進去，小禮堂小舞台還在，也許，這時候，你可以站在裏面，彷彿仍聽到那陌生的聲音，雖然，那已經是六十年前的聲音了。

是的，是魯迅，一九二七年的二月，由中國到香港來，在青年會作了兩次演講。當年，香港給魯迅的印象並不好，但卻並不妨礙他對香港年輕人的殷殷寄望。他說：「就是沙漠也不要緊的，沙漠也是可以變的。」在兩次演講中，他也表達了對中國命運的關切和求變的信念。

六十年過去了，你試試站在古老的小禮堂裏，依舊，彷彿聽見魯迅的聲音。

一九八七年五月八日

記憶大磡村

遊南蓮園池，路經鑽石山地鐵站，我問：「是往日大磡村所在嗎？」身旁都是青年，無人回話。城市變臉，當年拆大磡村的風風火火，還有多少人記得？

鄭鏡明、潘國靈、陳果，筆下鏡頭所記，與我記憶中的村景人事，仍有差異。

六十年代中，我幾乎每個星期天都到大磡村去。那時候，交通並不方便，從尖沙嘴（編按：現尖沙咀）乘5號巴士，很久才到鑽石山。下車走一段，經大磡村木牌匾，走進上元嶺路，我得好小心認路，小岔巷多，一下子會錯過惠和園。左舜生老師住在那裏。

我自新亞畢業後，就請他講授近代史。難得老師答允，每周日給我半天時間，其實那不是硬性講課，閒聊的機會也多。有時來了客人，他們談天，我坐在旁邊聽，得益不少。記得見過易君左，我正在中學教他的〈可愛的詩境〉，文中許多迷離難懂的句子，見到原作者，自然趕快請教，誰料他說早忘記了為甚麼如此寫，此一回話，令我印象深刻。

左老師喜歡到詠藜園午膳，一碗擔擔麵，麵條與湯的精緻和麻辣滋味，永誌難忘，絕非今天的可比。在大磡村，沿路店鋪的人都認識左老師，他也一一給我講他們的故事。路上也遇過黃思騁、王道，據說人人出版社、人生出版社都在附近。

大磡村，六十年代，曾有一道人文風景。

二〇〇七年六月三日

格子鋪

大財團經營的大商場，昂貴租金，逼出了格子鋪！

不去鬧市商場逛逛，也不知道格子鋪開得火熱。據說在英國始創後，早在日本已流行。香港學着幹，內地如杭州、西安、鄭州都跟上了。

旺角、銅鑼灣青年流行區，都開着格子鋪。一兩呎大小的格子，就是一所「店」，有名字的沒名字的，用心擺設的雜亂紛陳的，售賣的都是潮流小東西。那天在一家叫「箱場」的店裏，看見一個小女孩蹲在地上，正把貨品擺進格子中，小心審度，擺左移右，十分認真，真像開店架式。另一個青年在問租格子手續和租金，看來他準備做個短期店主了。

多看幾家格子鋪，發現來來去去賣的貨品太相近，小飾物、漫畫手辦、流行公仔、左鄰右里面目相同。本來，這該是發展個性店的好機會，既然入貨，理應與別不同，何必成行成市？格子主人想創業，就該動點腦筋，世上多千奇百怪東西，蒐購回來，或也可成流行時尚。

閒逛一回，遭逢一件事，令我忽生奇想。

在一賣青年玩意商場中，我是「異類」，逛來逛去，店員多不理會。一個熱心的售貨員迎上前來，「阿婆，你想買乜嘢畀你個孫玩呀？」我說：「我買畀自己玩！」他即時反應如何？在此，我不告訴你，請猜猜。

格子鋪做的是青少年人生意，誰來做中老年趣味的生意？中產者、提早退休者、銀髮族，都有閒情閒錢，高質素高品味的小玩意，也該有銷路。店租太昂貴，當然不易開店，但格子鋪倒可想想。誰會試試在聚腳商場中，開間中年況味的格子鋪，一格有一格的趣味，一格有一格的玩意。那多好！

二〇〇八年三月二十二日

平民風格的逝去

每個大城市，都應有不同層次的生活風格，才見該城的生命力。過分劃一，就顯得平庸失格。

平民生活，往往呈現了人間生趣味。每到一城，遊地標，訪名所，自然在所不免，但領略真正人間味，必在橫街窄巷、市集地攤，或民間雜耍廣場。真正，是指一般市民生活實況，而不是想方設法的所謂活化。重新裝扮，借舊屍還以新魂，早失卻老老實實的市民生活興味了。以澳門的福隆新街與大關斜巷或爛鬼樓附近小街一比，就明白那種才是人間味，更足見與璀璨閃彩的大賭場的隔世感。

香港沒有大賭場侵吞某些地段，但比起澳門來，平民風格竟不幸地消失得多而迅速，只因地產商大商家的擒拿手及侵吞地段的心思，無孔不入，一條小街，幾幢舊樓，一旦給地產商看中，就改形換貌，另類活化了，再與平民興味無關。永安街店鋪上了西港城二樓，已失去花布街的店對店風格，試想「天就行」上了太古廣場會怎樣？——當然，講究高貴世界名店品牌的大商場，也絕不會讓本土味濃得很的紙紮香燭店搬進去。

灣仔新街市燈光火着，乾淨光鮮，但逛來總不及從前灣仔道交加街幾條小街上的露市小攤的平民風格，熱鬧親切。第五期《文化現場》一篇特稿〈告別新光——一個民間藝術重鎮的失守〉，儘管淡然採用資料說話，對平民藝術行將失去演出平台，隱隱透出無奈哀愁。

如生於斯長於斯的商人，賺了錢，對本土的平民風格也該有眷顧之情，盼請為平民留一點血脈。

二〇〇八年九月二十八日

微妙中英街

中英街現在還叫中英街，是微妙處之一！

輕易說一句：「這是歷史遺留下來的問題，今天不必再問」，是微妙處之二。

身世微妙，早已聞名。老照片中，界石兩旁各站英殖民地警官、解放軍士兵，神情各異。中英各一邊的店鋪，只隔幾步之遙，說兩種生活形式不同，卻似是而非，似非而是。是從前微妙處。

因為它微妙，幾十年都沒機會去看看，得「考古之友」妥善安排，經九次出示證件進出，好奇心結遂能解開。

沒去過回歸前的中英街，沒法想像兩種不同意識形態如何共存。在一九九九年五月一日開館的「中英街歷史博物館」中，強調了當年喪權辱國的經過，紀錄了一八九九年勘界簽約立界碑的事情。館內歷史記載很官方，是「深圳市黨員教育基地」，是「香港國民教育中心國情教育基地」，當然如此。我翻開留言冊，讀到無署名的參觀者寫下嵌字三句話：「中華百年魂，英烈千秋誌，街分兩邊事」，大概他一時想不出第四句，跛了腳，不妨為他加一句：「史注一筆芳」。

一街兩制，只見人山貨海，在中方店鋪前，許多人在交收貨物，奶粉、出前一丁、黃道益……，也分不清誰買誰賣。在中港交界，紅磚地是港界，水泥地是中界，遊客興致勃勃界邊拍照，忽然越界，就有守衛前來干預，可是，由港界過來的運貨小拉車卻源源不絕，拉貨工人也不見驗證即可通行，相當自由。

我們要回到港界，就要經過「出鎮大廳」。這個關口，許多內地人拖着貨物排隊，我們因沒帶貨物，另排一行，動也不動等了半個鐘頭，比他們慢。

回到沙頭角，想起字跡不清的界石，很微妙。

二〇一一年一月二十三日

靜觀與自得

忘記站在鵝頸橋的白粥油器店前有多久了。一個學生經過，大概見我呆呆站着，好奇的上前招呼：「老師，您在看甚麼？要幫忙嗎？」我回答的話，恐怕她會以為我傻了：「我看那人整鹹煎餅。」

我很久沒見人那麼細意捹麵做油器了。中年婦人站在油鑊前，在大木板上，一下一下把夾鹹味的麵層攤好，像陶塑家手勢，不匆忙，不大意，調整完一個又一個，她的專注不像一般做買賣的。只講應付交差的世代，這個市井風景，實在太吸引了。

喜歡獨個兒逛街有原因，碰上獨特的人與事，可以駐足靜觀，不必理會同行者有無興趣。有事無事看上半天，多有所感。讀程顥的〈秋日偶成〉：「閒來無事不從容，睡覺東窗日已紅；萬物靜觀皆自得，四時佳興與人同。道通天地有形外，思入風雲變態中；富貴不淫貧賤樂，男兒到此是豪雄。」不用理會最後四句那沉重意思，倒愛首聯兩句。「萬物靜觀皆自得」，靜觀，要用心要用情，不旁騖，細看了，總有得自得，重要在個「自」字。不是別人強加，發自個人感受，一時滿心都是。「四時佳興與人同」，是不是「佳」沒關係，有時觀及不佳情景，也生感觸。多走幾步，就見橋底打小人。神婆以鞋打代表對頭人的紙張，講盡咒詛話，這絕非佳興，但想想年輕女子，竟有那麼多怨氣，自己不揚眉，卻用錢找人代為出氣，也算心理治療一種。講究科技昌明的今天，仍求冥冥異力，值得思考，不知與人同否？

人多匆匆，漠視身邊情景，難有自得。按動手機或電腦鍵鈕，閃動畫面，瞬間即逝，如何靜觀？我獨自觀看，是有點傻。

二〇一一年二月二十日

街道小店的懷念

香港商場愈開愈大，個性愈來愈模糊，甚至變得沒有個性。每逢大節日，商場要弄得熱鬧，廣場中央總有表演，層層樓邊欄杆，站滿了人，互擠得貼，節目一結束，各自散去，並不相干。我是其中一分子，也不是一分子。我與五光十色、科幻設計的商店，了無關係，記不住，不上心，了無情分。

日本京都老市民壽岳章子對京都說的一句話：「道路是相逢的場所。」真切可感，說盡往日街道的風儀。我喜歡逛舊時街道，正因那兒可以與人相逢。相逢的意思，是人情的交流，只有舊時街道的小店，才有這份閒情。

街道與廣場，完全不同。街道是聚，是人的日常必經，一張張臉，逐漸熟悉。廣場是散，一眾有目的而去，有些人可去可不去，去過便散。

舊時街道兩旁的店，特別是小店，店主夥計與小店形成一種獨有個性，你多逛幾回，就烙刻在心裏。這個店主好客愛聊天，生意成不成沒問題，多去了，就是朋友。那個夥計兇神惡煞，原來心地善良，罵幾句人只是個人風格。

兒時對街道小店記憶特深。菲林明道上，開在梅芳學校樓下側的「甜心」，賣些零食，專做小學生生意，老闆娘不理人，老闆卻笑嘻嘻，我去買崩沙，他往往多給我半塊。洛克道上開在康健書店右鄰的三元麵店，三角錢一碗雲吞麵（行話叫細蓉），我會喝五六湯匙浙醋，吃半玻璃瓶的酸青瓜粒，夥計一見我就大叫「呷醋女嚟啦」。軒尼詩道昌華雜貨店，買油買米，一叫即送上門，帶不夠錢買豉油豆粉，不叫做「賒住先」，叫「遲下畀」，街坊街里，人情無限。

時至今天，街道小店小攤，仍叫人着迷。灣仔太原街、春園街、交加街一帶，在那裏，店主總有話要說。香料店老闆教我焗沙薑雞、炒黃薑飯，我只不過去買五塊錢一包黃薑粉，他卻教了十多分鐘烹飪。我去換手錶電池，檔主問我表肉內何故藏塵，就埋首清理，並說「唔收錢嘅，我睇唔過眼啫。」中環半山横街，高質素小店又另有一番景象。識得一家專營玉石木雕小店，男主人精於設計木雕和品玉，女主人善於繩結，夫妻檔對手工藝的審美要求甚高。我最初不過在店外張望，誰料一旦進去，就交成朋友。我有暇路過，進去喝口香茶，店主拿出心愛珍品教我如何欣賞，明知我買不起，還是好言講解，我這個顧而不買的客人，成了他的好學生。一家老牌涼果店，老闆孤零零一個人看鋪，我探首看那些古老包裝紙，他招手說進來看看，我沒買東西，他卻送我一個古老雞皮紙手抽。

霸道的商場一天天多，地產商鯨吞舊時街巷，小店小攤捱不住貴租，抗不了強權，冉冉喘幾口氣就湮滅了。政府強調和諧人情，崇尚的只是紙上空談，青年一代從何處尋得街道人情？

二〇〇八年三月二日

久違的滋味

緊張

好天正良夜，人家在露天小攤旁吃得正興奮，我忽然問：「食食吓落雨點算？」這是我個性的最佳素描。

唸中學的時代，我的綽號叫希治閣：在同學心裏，不單指「緊張大師」，而是一句歇後語：「嚇死人冇命賠」。

同事間也流傳一個我的緊張事例：一次在沙田夜宴，兩個熱葷上過後，我打開手袋，拿出小錢包，再拿出一些零錢，鄰座同事以為我要去洗手間，就說：「裏面沒有服務員，不必帶錢。」我一時接不上她說甚麼，「誰要去洗手間？零錢是等一會散席，坐完火車再轉隧巴時用的。」從此，這件事成為笑柄。也有人好奇地刨根究柢問：從吃翅到上隧巴這段時間內，我是不是死捻着零錢在手裏不放？

緊張，是我家族的「傳家寶」。嚴格來說，應該是傳自母親。也舉一個印象深刻的例子說說。

一九四五年第二次世界大戰結束後，和平了，香港人仍是生活艱難，父母維持一家幾口生計真不容易。記憶中，母親總是臉容愁苦。從她口中，我聽到內戰烽煙、甘地不抵抗主義……有一天，她買了一擔白米回家，告訴我們說：「要打仗了，恐怕第三次世界大戰要來。記得日本仔打香港前，幸好我買了一擔米，我們一家才捱得過淪陷後缺糧的艱難日子。米，好重要。」以後，我家裏總有一擔米儲存着。一晃快五十年，母親墓木垂拱，但第三次世界大戰還沒有來。假如母親還在，她就平白緊張了五十年，而肯定，我家仍會存儲一擔白米。

童年，在天天逃空襲中度過，我不說：「食食吓落炸彈點算？」已經表示我學曉放開愁懷，進步多了！

一九九三年七月一日

並不誇張

食食吓落炸彈點算？

這聯想是不是誇張過了頭？緊張也不該這個樣子吧？

不，一點也不是誇張的聯想。童年，三年零八個月的日子，幾乎天天，我都遇上「食食吓落炸彈」，那時候，我們都知道該怎樣做。

淪陷期間，盟軍飛機天天來繞一兩圈，有時晚上也會來空襲。炸彈正中了的目標物，在裏面的人當然逃無可逃，旁邊的人也怕碎片。爆破後，炸彈碎片像千張鋒利飛刀，突插向四方八面，取人肢體首級。我們要避就是那些要命的碎片。

落炸彈之前，照「正常」情況，是先有警報響號，跟着極其沉重的飛機聲由遠而近。由警報到飛機到達，通常總有幾分鐘讓人們躲進防空洞或家中樓梯底去。不正常情況，就會連警報也來不及響，飛機已經在上空。飛機一到，很快就會聽見一種金屬削尖衝開空氣從上而下的刺耳聲響，然後轟然巨響，地動屋搖。這一兩秒鐘，已經決定生死，抬起頭，看見自己沒事，就表示這一場劫逃過了。

食食吓飯，警報一響，小孩子也懂得，飛快推開飯桌，放下碗箸，狂奔向可避碎片的樓梯底。屈了身，坐在小凳上，再加破而厚的棉被蒙頭。五六歲的我，六十歲的外祖母，就這樣子天天躲警報。父母謀生都在外邊，一老一幼如此度過好多恐懼日子，老祖母一進樓梯底，總緊握我手，口中唸着「喃嘸阿彌陀佛」、「救苦救難觀世音菩薩」。那不斷的聲音，幾乎是我唯一的依傍。

空襲過後，繼續吃那還未吃完的飯，老祖母仍然唸唸有詞，因為出外謀生的家人還未回來，「喃嘸阿彌陀佛」……一直到父母無恙歸來。

這樣的童年，這樣的聯想，不算誇張吧？

一九九三年七月十日

「勇敢」一幕

我雖然一貫地緊張，但也有過出奇的「冷靜」「勇敢」的表現。

行行吓遇上炸彈，點算？

單獨一個人，帶着幾十個中學生，由北角走到筲箕灣，途中遇上無數真的假的炸彈，停停躲躲，終於安全回到學校，這經驗倒算十分寶貴。當時的「勇敢」，現在回想起來，還捏一把汗。

六十年代末，香港突如其來的遭逢了「亂世」。莫名其妙的出現許多「愛國人士」，為了「反英抗暴」，在大街上放置真的假的炸彈——「土製菠蘿」，真的炸死炸傷了不少無辜的香港市民。現在下場大雨，政府遲了宣布學校停課，也給市民家長罵得狗血淋頭，當年滿街炸彈，我們依舊要上班上課，相比之下，如今的香港人真夠矜貴。

先得說清楚當年的交通環境：北角到筲箕灣，只有一條通路：電車路過的英皇道、筲箕灣道。人和車，非經這條並不寬闊如今天所見的主要道路不可。

一天早上，「愛國人士」的「抗暴」重點，竟放在北角到筲箕灣的一段電車路上。沿着電車軌和旁邊的汽車路，放了許多寫着「同胞勿近」的「菠蘿」。公共汽車電車都必須停駛，為了生計和求學的同胞們，也只好靠兩條腿上路，我是其中一人。

學校在筲箕灣巴士總站附近，學生大多是住在北角筲箕灣區。我坐車到了北角，已逼得下車步行了，跟我一起的還有幾個高年級學生。在開始的一段路上，軍火專家已經引爆了部份真彈假彈，我們看不見炸彈，心情也不太緊張，而我，也還沒察覺自己正一步一步被逼「扮演」一個勇敢角色，責任非輕地走回學校去。

到了鰂魚涌，我們漸漸迫近軍火專家的工作禁區了。而愈接近筲箕灣，遇上的學生就愈多，高年級低年級的，我不認識她們，她們卻認得我。

老師，在當年的中學生心裏，是一個安全、可靠的標誌。她們在驚惶中，看見老師「帶」着同校同學，就像找到救星，趕快靠攏起來。我偶一回頭，看見一大隊穿着彩藍校服的學生跟着，嚇了一跳，但也立刻明白自己該怎樣做：表現得「冷靜」，「勇敢」，安她們的心。

我先叫兩三個高年級學生殿後，再吩咐她們不要慌張，緊跟着我向前走。

就這樣，我們依照維持秩序的警察指示，躲在騎樓底，等前面的炸彈引爆了，再走一程。

最緊張的一段路，是走到太古船塢附近，那裏沒有店鋪，只有一列很長的圍牆，真是躲無可躲。碰巧最具威力的真彈就放在上坡的電車路軌上，轟然巨響過後，我抬頭看遠處沙塵煙硝揚起，遮住前路，心中空白一片。幾個靠近我的學生哆嗦着，但卻異常的沉默。現在回想起來，我只記得許多無聲的畫面，究竟那群平日大呼小叫的女學生，當時有沒有隨着巨響驚叫，我一點也沒有印象。

兩個多鐘頭後，我們終於到達校門！我也完成了一個教師無可逃避的責任。

現在愈想愈緊張，萬一學生受傷，我這個「帶隊」老師，如何擔當得起？我為甚麼不叫她們回家？我為甚麼不叫她們散開，不要跟着我走？冷靜？勇敢？還是年少無知？

事過境遷，許多人可能都記不起香港有過這種經歷，我可不會忘記自己曾經勇敢過！

一九九三年七月十六及十七日

「玩具」

在戰火、貧窮、匱乏時代度過的童年，沒有甚麼值得炫耀的回憶。且說說三件「玩具」，進學校之前，也就是說九歲之前，它們是我永不離棄的良伴。玩具，怎麼要用引號？因為它們不是玩具。

第一件：觀蟻。螞蟻的生命力真強，連人類的食糧都缺乏的環境，牠們居然無處不在。家裏沒有甚麼東西足以惹蟻，可是黑蟻、黃絲蟻，總分成兩派，整天在許多角落來回走動。騎樓欄杆上，正是牠們必經之道。每天，我搬一張木凳子，趴在欄杆旁，細細觀看牠們的陣勢。

黑蟻身形大，腰纖肚大，特別在吸了水份時，肚子脹得透明。牠們走動得快，行列往往有點亂。黃絲蟻小巧淡定，列隊前進，沒有蟻會越隊。觀蟻，兩種蟻各有吸引力，黑蟻看得人眼花，但多戲劇性變化，黃絲蟻團結整齊，容易分清領隊和工蟻，卻嫌隊形保守，定睛看多了，會變成「鬥雞眼」。

牠們整天忙着搬運，有時搬食物，有時搬白色的卵。食物，是我假設的，因為牠們含着的小粒，我分不清是不是食物。牠們最大動作是搬別的昆蟲屍體，黑蟻一口咬住一隻比牠身體大幾倍的蟑螂腿，飛快前跑，好像毫不吃力。幾隻蟻合力扛動小截蟑螂屍體，就偶有忙亂了。

牠們太有秩序，不好看，我會很殘忍……真的殘忍，純粹為了自己快樂，用手指捏死隊中一隻蟻，或者向牠們潑水，陣腳一時大亂，我就等着看牠們怎樣在危難之後，重新整合。現在回想起來，那些給我捏死的蟻，真是死得不明不白，大概這叫天地不仁吧！

第二件：小藥瓶。從前吃西藥，藥丸用窄頸胖身的玻璃小瓶盛着。我擁有兩個這樣的樽仔，他們是一對，孩童無知，沒為他們分性別。我從紙盒中拿出來，把紅色藍色膠蓋拔出，斜斜蓋住瓶頂，從後面看，就是一對戴了紅帽子藍帽子、又胖又矮的小人。

每天，他們就是這樣活起來。我用手指幫他們移動身體，我扮成不同的聲音代他們説話，也跟我説話，講些甚麼，現在當然記不起來。我歪着頭，趴在桌子上，把視線移到與他們齊平，展開一天的對話。奇怪，這一對童年良伴，我竟沒有給他們改個名字。

第三件：不該用件來做量詞，它只存在我腦海裏：並不實存的小人國。那時候，我沒聽過小人國故事，只是不知何故生出這個奇怪想頭。家裏沒有人的時候多，孤單的孩子，藏坐在大藤椅裏，凝視着空蕩蕩的大廳，地上就浮現了街道、房子、車子和行人。它每次出現都同一形格，絕不因為幻想而變化。我可以説得出每條街道兩旁店鋪的樣子，也説得出每個行人的活動。我會讓街上有些事情「發生」，然後組成一個一個古仔——大概我又在自説自話了。這個想頭，不會是大人引起的，因為唯一跟我講故事的外祖母，只懂《水滸傳》和《三國演義》。我很快樂，每一次居高臨下，主宰着這個小城市。

我的童年，就在這三件不用錢買的「玩具」陪伴下，冉冉逝去。

回頭看這幅童年畫像，匱乏卻又富饒，孤寂卻又熱鬧，一切那麼矛盾而溫馨，是誰賜予的？我實在幸運，想來還是值得炫耀的。

（今天早上，新聞報道，一個家境富裕，擁有許多玩具的小孩子，因父母不在家，耐不住孤寂，跳樓自殺。於是，我想到自己的幸運。）

一九九四年四月二十七及二十八日

胡士托重來

原來，一瞬間，已經二十五年了。

胡士托音樂節，在世紀末重現，有甚麼象徵和意義？

二十五年前，美國年輕一代，對一切「正常」、「正統」的建制，生活模式產生極度的反叛。他們破壞本有的人倫關係、家庭模式、社會道德觀點，對抗令他們失去信心的政府和制度。他們服食大麻迷幻藥，以「愛與和平」為口號，胡士托音樂會成為一個極具代表性的活動。

這在六十年代末期的香港，說保守說開明都不是的社會環境，甚麼嬉皮文化、甚麼抗衡社會行為，性解放、迷幻藥，許多人都似懂非懂，更說不上接受不接受。

當年我正在一間天主教修女辦的女子中學教中文，雖然也愛聽鍾．拜亞士的民歌，曾叫學生去看披頭四的《黃色潛水艇》，反對校長查學生書包，但其實仍然很保守，對胡士托的開放，還是十分抗拒。一天，去看望唐君毅老師，他第一件事就問我有沒有看《胡士托音樂節》紀錄片。我很詫異，老師怎會對這個古怪活動感興趣了？

坐在電影院裏，光影閃動，我不是給瘋狂的搖擺音樂震撼，而是給成千上萬、裸露身軀、如癡似醉的青年行動眼神所迷惑——這是千里外的青年群體生活取向？迷惘眼色中如何得到愛與和平？電影記錄了他們的迷亂、悲愴，在泥濘中如一團鬼魅，這是他們的快樂表現麼？

真是一個謎。去請教唐老師。唐老師說：「這是西方文化一個很重要的訊息，你得注意，物質與政制對人類已經變成枷鎖，它必須破壞，才可重建。西方文明以為很重視人，這群青年人就以行動來證明人被壓制後的反彈，西方文化病態也給它反映出來了。」

二十五年後，胡士托重來，又是一個怎麼樣的訊息呢？

一九九四年八月二十二日

周修女

說起當年教育界反對披頭士的情況，不禁想起自己的幸運，遇上開通明理的上司——周修女。

六十年代末，香港社會動盪，經濟也在轉型，教育界面臨新舊思想衝擊，有點不知所措。我們一群六十年代中葉大學畢業的教師，許多都在思索應帶學生走上一條怎樣的道路，當校長的就很怕我們「搞事」。

我卻遇上一位不怕「搞事」的修女校長。感謝她，容讓我在學校裏獲得適度自由，做應做可做的事。

為甚麼要從披頭士說起呢？事緣我叫學生去看披頭士的《黃色潛水艇》。（其實，我帶學生去看許多文娛節目，和參觀許多社會設施——六十年代，還未如今天流行校外活動，我已帶學生去參觀證券交易所、垃圾焚化爐、石鼓洲戒毒所……。）不知道誰告訴了校長，她就把我召入校長室，問我為甚麼叫學生去看狂人電影。我告訴她，那電影音樂很好，配合很前衛的動畫，愛美術設計的學生應該去開眼界，不是甚麼狂人電影。她聽後就再沒干預了。而學生也去看了，其中一人，回來利用了電影中常用的鮮黃鮮藍色彩，錯亂視覺技巧，為我設計好一張聖誕卡，我把它拿去印刷了，成為我第一張自印的聖誕卡。我送給周修女，還要她立刻看，她看來看去，仍看不出畫面暗藏了英文：「聖誕快樂、新年快樂」幾個字。經過一番努力，調校視線，她才忽然看到了，開心得大叫起來。第二年，她就叫那學生設計該校第一張自印聖誕卡，而學生從此充滿信心，畢業後就到外國去唸美術設計。今天，她已成為一位專業設計師。

在周修女的「縱容」下，我還「搞」了許多事，成為了教學歷程中難忘的紀錄。

一九九六年一月四日

「搞」事

六十年代末七十年代初，經歷了暴動、經濟不景，香港人心惶惶，怎樣安定青少年的心，更是執政者和教育界所關注的。

周修女其實也怕我們年輕一輩教師「搞事」——這是她逝世前，在病床前向我提起的，只是她還是很信任我們，默默地看着我們做，不出岔子就不干預。

她提及兩件事，說是她最擔心的。

暴動剛過，當時，吳靄儀、蓬草、我都在該校任教。吳剛在港大編過《學苑》，興致勃勃，說要教學生也出版一份校報，我們就起哄地說好。可是，當年還沒有中學生自辦校報的風氣，況且，油印大字報小字報剛留給人很恐怖的印象，她開始也不大同意讓學生全盤負責，要我們幾個老師監管審核。但吳靄儀不肯監與管，認為不符言論自由精神，事情就鬧僵了。後來，我與吳討論了很久，又跟周修女再商量，終於決定讓學生自辦，但事前由我們與學生詳細計劃。報紙出版，沒有出軌，大家才鬆一口氣。

另一件事是我組織學生演話劇。學校辦了一個文娛晚會，每級學生負責一項節目，我就據夏衍的《秋瑾傳》，改編成短劇。劇中強調秋瑾的愛國行為，也反映了清朝的腐敗。其中許多慷慨激昂的台詞，都由扮演秋瑾的學生唸出來。我讓她在「從容就義」前說了一段秋瑾的愛國文章，台上台下都感動得哭起來。到如今，我仍記得扮秋瑾的學生，那臉堅定而帶淚光的表情。我倒沒想到，秋瑾在台上振臂高呼：打倒滿清的當兒，台下的周修女是怎樣的緊張。

十多年後，在病床側，我看着她滿臉病容卻仍帶笑說：「你嚇得我好驚。但我知道你喜歡秋瑾，就由你去搞囉。」我實在十分感謝，也慶幸當年沒有搞出禍來。

一九九六年一月九日

另類夜校

周修女能夠不干預我們「搞」事，是因為她自己也愛「搞」事。

七十年代初，政府和志願團體都還沒辦甚麼社區福利和成人教育活動。筲箕灣是山邊木屋和海邊艇戶雲集的老區，當時還未實施九年免費教育政策，失學的人很多，十多歲的漁民和工人，不識字沒知識，常常吃虧。

周修女看在眼裏，忽發奇想：辦一所夜校，讓漁民工友來上課。校舍現成，教師則請校友義務擔任，她要我當校長，並負責設計課程。有人提供校舍、教師和一切費用，年輕的我，不知天高地厚，就一口答應了。

沒有前例可援，針對當時需要，我設計的課程很奇怪但也很實用。中文科初級班教學生寫自己、家人的名字、地址，寫基本常用中文字。高級組教讀報讀各種公文單張。數學科教加減乘除，教上數簿記賬。此外，必須修讀的還有：聖約翰救傷隊教日常急救療傷課程，公民科教工廠條例、工人權益、漁民安全守則、各政府機關工作性質和地址。選修的：烹飪、縫紉任選一科。現在看起來，這些設計很幼稚，野心卻很大，但在七十年代初，還算一番心意。

學生來自工廠、東大街、愛秩序村，年齡有大有小，日間職業是工人、捕魚、賣菜……。

記得把着手教一個二十多歲的女漁民寫她的名字：張六娣，她說只喜歡寫「六」字，還好奇地問：為甚麼其他兩個字有那麼多「彎曲」？很可惜，正當她學會寫自己的名字的時候，她就退學了，因為父親把她嫁到香港仔艇上去。

這間另類夜校，維持了兩年，由於周修女調往田灣，我也到日本去唸書，就無疾而終了。周修女永不言休，不久又在香港仔辦起一所很正式的英文夜校來。

一九九六年一月十六日

恩神父

說起辦義學，我又想起一個愛「搞」事的神父——恩保德神父。

這位說得一口流利廣東話（特別是粗口和社會常變口語）的外國神父，在六十年代末，基層民眾很熟悉他。當年還不像今天，平民百姓懂得爭取權益，貧民遇上事故，沒有社工或熱心人士幫忙，只好啞忍，部份會去找葉錫恩和恩保德，也許還會有點希望。

恩神父擁有一輛綿羊仔——當年流行的小型電單車，常駕着它東奔西跑，對人說它是自己的「老婆」。他既在教區工作，又在公教進行社辦中文刊物。六十年代末，他有感於銅鑼灣避風塘的艇戶孩子，沒有書讀，就在聖保祿女書院借用兩個課室，每天下午四點半以後，辦起漁民子弟義學來。

課室有了，學生也來了，可是他卻找不夠義務教師。朋友介紹，他輾轉找到了我。被他的傻勁感動，我答應教一班，每星期只上兩次課，這可說是有生以來，最頭痛最難為的教學經驗。原來，這不算甚麼學校，只按年齡分為兩班，也不在乎他們學到甚麼，只是讓孩子有機會腳踏實地，玩一下、唱唱歌（我教他們唱 ABCDEFG）高聲讀讀太陽月亮。他們五六歲，一向沒有人管，骯髒得人人拖着鼻涕，每次上課前，我還要為他們洗手洗面，然後拖男帶女回課室去。小孩子不懂事，又坐不定，常常惹來借出課室的修女責罵。我使盡各種方法，都管不住他們，最後還得用「利誘」：全班都乖乖，上完課就派給一人一顆糖。不久，恩神父去了九龍灣木屋區，那義學就停辦了。

很久沒有恩神父的消息，有人告訴我，他在越戰後去越南傳道，給當地政府抓了，從此音訊全無。我不是教友，但常在一些神職人員身上看到光，我學會了崇敬。

一九九六年一月二十三日

「有水放水」

據最近調查結果，香港青少年竟然對貪污行賄行為，並沒有太大反感，受訪者有幾乎一半認為「賄賂」是可以接受的。

我只能說，他們生活得太幸福了，根本不知道貪污的可恨可痛。

六十年代末七十年代初，香港市民深受貪污的折磨，我也很「幸福」，平凡生活裏沒有遇上要行賄的不幸事。但我卻永不忘記：一個學生給我上了活生生一課。

那時候，我擔任了全校的「經濟及公共事務」科的課，教得十分起勁，安排課外參觀、剪報、討論小組，讓學生真切走出課本，關心社會——雖然，這個詞在當時很敏感。我也以為自己很關心社會，很了解民生。

那一年，筲箕灣東大街尾，船廠、木屋發生大火，我的學生多是那區居民，一夜之間，燒得傾家蕩產，孤身逃出。學校立刻發起捐助，為受災同學解決一時之急。事有湊巧，那星期的「經公科」，某一級正在開講「香港消防局」，我自然很正面地介紹消防局組織，消防員的工作意義。誰料我只講得一半，座中一個學生拍案而起——在當年，這是極大膽甚至不可能出現的動作。我和全班同學都嚇了一跳。我沉住氣，問她想怎樣，她說她恨死消防員。後來，她既憤且氣，帶淚說出火災當天，因為成年人多不在家，她親眼看住有些消防員不肯這家老小慌忙逃生，看着家園被燬了。這「開喉」只為沒有人能作主給他們賞錢。就是這樣，一家老小慌忙逃生，看着家園被燬了。這就是當年流傳的「有水放水，冇水散水」的順口溜寫照。

現在，每當看見消防員出生入死，救火救人的場面，我就想起當年的「不幸」，幾經艱辛，香港人才獲得一個廉潔社會。年輕一輩居然不懂珍惜，真叫人心痛。

一九九六年二月六日

又拆一間

萬宜大廈要拆掉重建了！

花開花落，香港人看得慣，等閒風月。新建築物一眨眼又出現一幢，名字記不清，樣子差不多，沒有辦法留得深刻印象。

只有匱乏日子，偶然一座高樓，又設了前所未見的電動樓梯，才引起哄動。後生小子，聯群結隊見識見識去，如今人樓俱老，驚聞它要拆掉，才記起天天經過，都沒好好看它一眼。

趕快自沉澱記憶中，攪撥一陣，有人記得樓下蘭香室的出爐蛋撻，有人記起紅寶石餐廳。

我也記起紅寶石餐廳。

中學時的音樂科老師很嚴，考試既考西洋樂理、樂器聆聽，還要聽認著名樂曲的主題樂章。那時候，沒幾個同學家裏有「留聲機」，更沒有那些昂貴唱片，於是音樂科永不合格。後來，不知道誰發現了萬宜大廈二樓的紅寶石餐廳，每星期有一個晚上，舉行音樂欣賞會，主持人叫陳浩才，每月還印發一本小冊子《音樂生活》，介紹著名音樂家、作品導賞。我們想去聽，要交十塊錢，就可享用一頓奶茶西餅，聽足整個晚上。

十塊錢，對我們來說，很昂貴，那時候電車學生票是一毛錢，可樂是三角一瓶。於是，我們學懂選擇老師提過的名家，每月去聽一次。就這樣，我們進入了西洋音樂天地，慢慢養成聽音樂的習慣。我還收藏了每一期的《音樂生活》，到後來搬家才十分不忍地扔掉。

萬宜大廈很快就發生變化，比它老不知多少倍的利舞臺不是在我們揚眉瞬目之間變化面貌了嗎？花開花謝，我們懷一下舊，日子畢竟會過去，似乎連傷感也來不及。

唉！

一九九五年五月二十三日

久違的滋味

偶然機會，吃到兩種久違食品，頗引起一絲絲童年滋味。

豬油包：在強調健康食譜的今天，許多講究飲食衛生的人聞豬油而色變。在貧窮的往日，吃豬肉是件大事，平日難得一吃，上茶樓，倒容易吃到豬油包。

豬油包，其實也是純肥豬肉作料。先把淨肥豬肉用糖醃了，切粒，混合糖冬瓜搓成餡。麪粉搓好作皮，包住餡，放在蒸籠蒸好，新鮮滾熱出爐面世。豬油滲入包皮，讓包頂微微裂開。趁熱拿起冒熱煙包子，豬肉香味直往鼻裏送，甘甜而膩，吃來卻感爽鬆化。父親早茶，喜吃雞球大包或叉燒包。我如能作主，夏天吃叉燒包，冬天一定吃豬油包。小學二年級，有一個男同學綽號叫豬油包，凡事慢三拍。現在再沒有人叫豬油包了，年輕一代有誰吃過豬油包？

砵仔糕：這種粗吃，偶爾在某些舊區街頭小攤，仍未絕跡。用小而淺的瓦砵盛載，用料不同，可分黃糖砵仔糕、紅豆砵仔糕、砵仔鬆糕。小攤或推車小販，用竹枝插入糕身一挑，整塊圓滑糕件就離砵而出。吃時也講技巧，均衡地沿着圓形邊上吃一口又一口，不能集中只吃一邊，還得注意竹枝位置，否則吃得一半，另一半就會跌下來，跌到地上是自招損失。

砵仔糕是冷吃，夏天酷熱下午，門外就會響起叫賣聲：不是砵仔糕就是白糖糕。母親認為白糖糕較有益，不大准我吃砵仔糕。我也很怕它太滑，太講究吃的技巧，弄得人神經緊張，不吃沒損失。

最近，湊巧兩種食品都吃了，久違的滋味，帶來的不是甚麼驚喜，只是淡淡的童年回憶，好不好吃？已經不再重要了。

一九九五年四月二十一日

吃喝一念

吃蟹

其實，我並不十分喜歡吃蟹，但每年秋天，總盼望能吃上一兩回。我喜歡的，不是蟹的滋味，而是與談得來的朋友，圍在一席上，邊談邊剝蟹的氣氛。

吃蟹有吃蟹的手勢，應該很隨便、很瀟灑，豐子愷先生寫吃蟹，就叫人很神往，那真是吃蟹老手的風采。我當然沒有見過豐先生吃蟹，他的弟子都看慣，而且學會了。那年我到上海，文彥兄嫂特地買了蟹，煮好帶到旅館來，說是請我吃蟹，實在是想向我「示範」豐氏嫡傳的吃蟹手勢。果然，談笑間自有法度，特別是吃蟹爪部份，伶俐爽快，一折一拉，整條蟹肉就脱出來。

我，這個一年只吃一兩趟的人，學了也沒有練習機會，每一次吃蟹，總是拖泥帶水，大把蟹肉蟹殼往嘴裏送，結果，吃進肚子裏的蟹肉並不多，連殼帶肉吐出來的，倒有一小丘。還有，每一次吃蟹，毫不例外的，我總會給蟹殼刺破手指頭，真是無話可說。

吃蟹，不能在外邊甚麼酒樓飯館吃，最理想在家裏，招朋喚友——兩個能吃酒也不妨事，但千萬不要那些喝得窮兇極惡的，酒後胡言發瘋，會煞風景。烹蟹煮酒，明天不用上班，有充裕時間，把聚會拖得長長，話題在不知不覺間，換了一個又一個，可談風月，可笑看人間。通常，吃蟹時，我說話不多，笑笑聽聽，已經受用了。

聽人家說，有人可以把吃蟹剩下來的殼砌回完整一隻蟹的樣子，表示自己吃得精巧。我倒覺得這太「嚴謹」，破壞吃蟹氣氛，就像吃蟹時談論國家大事一樣煞風景。

近三四年，愈來愈想吃蟹，雖然，我不十分喜歡吃蟹。

一九九三年十月二十八日

想粥

真沒想到，王蒙一篇〈堅硬的稀粥〉會惹出無數與粥有關的文章。由南到北，從古到今，歷史的、文學的、貴族的、窮家的，簡直令人大開眼界。正如張潔在〈瀟灑稀粥〉裏說：「一時間想粥、講粥、罵粥、議粥、熬粥、學粥、報道粥、研究粥的強勁風，席捲了中國。」

那已經是一九九一年至一九九二年的勁風，熱鬧早已過去，王蒙官司也告打完，他有沒有爭得一個「說法」，恐怕不那麼重要，其他由他而起的粥學，倒看得我津津有味。

《紅樓夢》裏的粥，屬於高級享受，如此複雜「製作」，太麻煩，合不合我胃口，沒試過，不曉得，反正不會試煮。許多北方作家不約而同，講起南方——特別是廣東粥的多姿豐味，張抗抗就一一數來，說「從未見過的豐富絢麗」。我是廣東人，自然明白魚米之鄉，吃粥並不是窮玩意。難忘兒時，母親晨起煮粥，切新鮮鯇魚片或黃砂豬肝，以不稠不稀白粥一滾，稍加蔥花，香鮮之味，簡直無與倫比。

書中提到南北粥類極多，沒吃過，很想都能嚐一嚐。甚麼香粳米粥、小米粥、大碴子粥，不必加肉，據說已粥香四溢。只有甜粥，我提不起勁，因非正吃。

近年，香港流行新潮粥店，卻不能滿足真愛吃粥的人，無論多貴材料，粥底糊糊全是一統味精天下，毫無個性。大碗小碗，魚肉牛肉，也不過味精作怪。吃粥，吃罷只落得喉乾舌燥。

我想吃粥，寧在家裏自己熬。冬菇草菇蘑菇切粒，另加粟米，熬好一鍋粥，吃前加生菜絲髮菜，海碗一盛，未吃先「醉」。

夜半讀罷《粥文學集》，掩卷下床，淘米幾把，下油鹽少許，以備天明煮粥。

一九九四年十一月十八日

洋葱問題

我愛吃洋葱，為了它，也流了不少淚。

要吃洋葱，就得切開它。切洋葱，大概不必講究刀章。高矮肥瘦，都可去頭去尾，攔腰一刀分成兩半，外衣很容易剝落。其他工序，看你要吃絲還是粒，都得細細去切。

麻煩就出自此工序上。

熟了的洋葱很甜，生的洋葱卻很辣。愈新鮮的辣氣愈嗆人，一兩刀切下去，無形的辣氣就沖進鼻子，避無可避，淚水老漣漣下來。沒戴眼鏡的人，這時候還可以提起手臂，讓衣袖揩去淚水，架了眼鏡，就沒有這個方便，於是，一邊切一邊忍受淚水流下——從臉頰，流到嘴角、流到脖子，癢得像螞蟻在爬。眼睛更休說了，辛辣如針，毫不留情，視線迷糊起來，又怕刀法不靈，手指當災，心裏一急，往往快刀亂麻，草草了事。

內行的人一定笑我，為甚麼不會在水喉下切洋葱，沖着水切，就驅去辣氣。我知道這竅門兒，只是廚中設備無法如此安排，非乾切不可，淚水只好照流。

看過一套紀錄片，日本一家食店，專賣洋葱薄餅，每天靠十多個女人在廚房努力切洋葱，由早到晚，不停地切。鏡頭對準她們，人人眼淚汪汪，卻切得如癡如醉。哪裏來如許淚水？她們怎樣抹去眼淚？眼睛不會給辣壞了？可惜採訪人沒有一一追問，到如今，仍是個謎。

仍然愛吃洋蔥，只好仍然流淚。

其實，不吃洋蔥，沒甚麼大不了，又不會因此營養不良，何必如此「受罪」？不吃就是。但每逢上菜市場，總忍不住買幾個洋蔥，這樣，那天廚中，又難免流淚場面。煮好一盆帶洋蔥的菜，抹乾眼淚，又是一頓好飯，於是，一切都是自討自受，沒話說。

一九九五年十一月十四日

小吃

民間小吃，充滿庶民智慧。

旅外期間，仍戀戀於失真的中國飯店或非驢非馬的中華料理，簡直不懂旅遊精髓。回內地旅行，只顧據案大吃港式海鮮，也是錯失了解民生的大好機會。

經濟開放，許多名店竟保不住自己風格，甚至有些「淪落風塵」的悲哀，光顧名店不能保證吃到稱心美食，有時隨意在街頭巷尾的個體戶小店，還可以嚐湯熱油燙的巧手飯菜。

許多中國美食家都慨嘆點心品種，日漸萎縮，甚至消失，特別是江南一帶，精緻點心包餃，恐要失傳了。

最近到江南小鎮，吃到一種菜汁團子，保證是庶民日常小吃。大清早，弄里小店已熱騰騰冒着爐火白煙，師傅在臨街的門面，擺出一籠籠鮮綠色團子，綠得太鮮太亮，城市人一廂情願以為用了甚麼染色素，但一股菜鮮味叫人不能不試。走過幾步，只見婦人蹲在地上，對着一大盆熱水浸住的青菜，一把一把地用力搓絞，鮮亮的綠色菜汁就從指間滲出來，站在旁邊，也聞得陣陣菜香。多少把菜才絞得出染綠一籠團子的菜汁，但她手藝純熟，很快已經絞完那盆菜，出了汁的菜也不浪費，放在大瓮裏，加鹽加醬，便成醃菜，日常伴飯之用。

無數無名的民間小吃，不像甚麼仿膳豫園的打響名堂，反而悄悄地保留着原來風味，在民間大眾生活中，純樸地存在，伴隨庶民日出日落。旅遊事業千萬不要插手打擾，為民間小吃留一點清白血統，為大眾生活保留寧靜清純。

也許，我太饞了，很擔心，許多可愛可口的小吃，還來不及嚐，就給「改革」掉，那太可惜了。

一九九六年五月九日

尋找信遠齋

讀到陳建功寫信遠齋酸梅湯的故事：他受海外友人所托，去找信遠齋，怎料遍尋不獲，才知道這家二百年老店，已經不起新時代的試煉，搬到偏僻的關東區去了。他說：「尋找酸梅湯的過程，真是一個悲壯的歷程。」

我倒也有與他相似的感覺。

第一次喝信遠齋酸梅湯，遠在四十多年前，還是小孩子的時候，上環永安百貨公司對面，就開了專賣冰鎮酸梅湯的小店，母親不許我喝汽水，卻容我喝這酸酸甜甜的涼水，說這由中藥烏梅製成的糖水。夏天喝了可以祛暑平肝。大概長居南方的母親，並不曉得這家信遠齋在北方很有來頭，始於乾隆年間，依了宮廷秘方炮製出這種解渴妙品，母親熟讀《本草綱目》，只知道烏梅冰糖有益而已。

第二回喝酸梅湯，卻在台北街頭。一九六二年夏天，到台灣旅遊，夏日炎炎，在街上走，熱得身水身汗。西瓜大王的西瓜，自然解渴，但街頭塵大，不敢胡亂入肚。那時節，可口可樂是貴族美軍才喝的奢侈品，黑松汽水又難喝得很，五顏六色的刨冰果汁更「恐怖」，正渴得像狗伸舌頭的當兒，忽然看見冰鎮酸梅湯，趕快買一杯，一口喝下去，遍體涼透，也沒有追究是不是信遠齋秘製了。

第三回喝酸梅湯，就在北京。八十年代初，去琉璃廠，一路逛來，在眾多古董字畫店當中，忽見「信遠齋」匾額，恍如重逢故友，走進去想飲一杯，誰料只賣濃縮瓶裝，十分失望。店員說可以買點製成餅狀的濃縮品回家自己炮製，於是買了幾盒。回到香港，開水泡之，放在冰箱，那一個夏季，過得十分舒暢。

以後，凡有朋友到北京，都犯難地請他們代買酸梅湯餅片。可是，直到十多年前，友人找不到信遠齋，說琉璃廠沒有甚麼賣飲料的店。

今回親到北京，當然免不了去尋找信遠齋，誰料問過許多人，都不知道它搬到哪裏去，甚至有人根本沒聽過它的名字。

也許，不負有心人，天意助我。離開前一天，我坐車路過美術館附近，一瞥看到路旁小店閃出三個字：信遠齋。哇地叫一聲，車已遠去，也不辨路名。這怎叫我甘心？第二天大清早，我跑去美術館附近，邊走邊問人，都搖頭說沒聽過。突然，看見一位街道管理大娘坐在街角在管人，對了，只有她，一定會知道。跑上去問，果然不愧是街道管理，沒甚麼資訊躲得過她耳目，依着指示，我就找到了信遠齋了。

門面光鮮，十分洋化，只有正中懸着溥杰重題的匾額，還算保留一點老店的眉目。全店賣的是糖果蜜果汽水餅食。兩個女售貨員正在開店擺貨。我急急地問：有酸梅湯餅片嗎？沖水泡開的那一種。女售貨員說：早沒製造了，那是哪年的事了？看見我失望樣子，她說：不如買些酸梅晶吧！「高級固體飲料：桂花酸梅晶。」配料嘛，不再是冰糖，改為砂糖，雖然仍用烏梅、桂花，卻多加了檸檬酸——這種化學品會把酸梅湯變成怎樣子的味道呢？但終於，我買了十大包回來。正在付錢，看見冰櫃裏有瓶裝酸梅湯，也不管大清早不宜喝冰水，立刻買一瓶，當下開了就喝。怎樣了？我竟然忘記本來朝思暮想的滋味。售貨員一邊包紮貨品，一邊說：哦！我們賣得很多，都是台灣同胞、海外華僑來買。

也許，我們都來買一種記憶而已。

一九九六年五月二十九日

打開咖啡館的門

世事紛繁，午夜醒來，我打開張耀寫的《打開咖啡館的門》，神遊歐洲古老城鎮的一家又一家咖啡館，有名堂的、沒名堂的。

在張耀足跡所到，在攝影機神奇捕捉下，我彷彿聞到陣陣透心入肺的咖啡香。也許，我迷戀的不是各有名字的咖啡味道，而是在淨潔街頭，擺開小圓桌、小藤製咖啡椅的咖啡館，或者，透過昏黃玻璃，圍繞着桃木方桌、歐式扶椅，我能感受的散漫氣氛。

坐咖啡館，一種十分洋式的生活文化。坐茶館，一種十分中式的生活文化，都在特異的香味繚繞間，舒解人際關係的緊張，釋放心靈的疲倦。

心靈有了自由馳騁的空間，文學藝術就會流瀉出來，歐洲多少思想家藝術家文學家，都在大大小小咖啡館裏，攪動杯中咖啡的期間產生了。

心靈流動，需要不講究效率的閒適氣氛。沒有目的，沒有計算。也許靜謐，也許熱鬧。有一點點背景音樂，很好，沒有也不打緊。一兩個朋友淺談，獨自揭書小讀，一切順其自然。甚至，甚麼都不幹，了無一事，坐看人潮。

從咖啡館座中寫作成名的阿登伯格（P. Altenberg）寫了下段話：

你如果心情憂鬱，不管為了甚麼，去咖啡館！

深戀的情人失約，你孤獨一人，形影相弔，去咖啡館！

你跋涉太多，靴子破了，去咖啡館！
你覺得一切都不如所願，去咖啡館！
你仇視周圍，蔑視左右的人們，但又不能缺少他們，去咖啡館！
午夜醒來，忽然，十分想念一家家曾經去過的咖啡館。

一九九六年九月三十日

我數咖啡館

香港，有沒有足以給咖啡館迷，揮霍時間的好咖啡館？

六十年代的海運大廈裏，巴西咖啡座已成文化標誌，存在一些人的記憶中，但畢竟過去了。銅鑼灣的大水壺，很局促，一向聚不了文化人。最近，路過九龍城福佬村道，竟然也有一個小型大水壺，進去一坐，不過普通咖啡店而已。

中環區，文化太熱鬧。COVA 上幾級樓梯的座位，較有私人空間，但客稀的時候，侍應多指引到下層去，想坐上面，要爭取一下。美心派系不必談，人人知道風格如何。畢打行的中國茶館，下午茶時份才容非會員進去，從樓上看街景，人流匆匆，頗顯得自己得閒，可惜椅子不好坐，不舒服就坐不久。蘭桂坊，極力扮演歐洲角色，有幾家果然像樣，但當街當巷，過份自覺，又是坐得不舒服。

太古廣場裏，幾家店都人潮湧湧。La Cité，總比黑玫瑰好，不過，在不見天日的室內，張開深藍色陽傘，的確有點怪異。廣場上面大酒店，各有咖啡館，沒有甚麼特點。只有「圖書館」咖啡館，倒不能不提，高高在上，對岸風光盡收眼底。英式圖書館櫃和大套頭洋書，雖然有點隔，我獨愛那把靠着書櫃的木梯。大梳化椅上坐坐，聊天頂不錯。獨個兒可坐窗旁的小桌小椅，我見過有人在寫信、看書。

據説鰂魚涌太古坊，快要取代蘭桂坊，我想還需一段時日。糖廠街雖然已經悄悄地變化面貌，可是，咖啡文化？仍未夠吸引力。

説來説去，咖啡館多的是，但具備文化氣氛的，卻不多見。友人告訴我，現在，文化人不到咖啡館，到酒吧去了。那我只好仍坐坐那些沒有文化人聚集的熱鬧咖啡館了。

一九九六年十一月五日

咖啡「雜」談

人生矛盾很多，於我來說，極喜聞咖啡香味，卻因胃病無法喝咖啡，就是一例。有了矛盾，必須設法調整，也只好作點讓步。懂喝咖啡的人，總講究咖啡的純度與濃度。我對咖啡因的強烈反應，就連喝適度配搭的 Cappuccino 也會反胃，那怎麼辦？調整方法，就是喝多加奶的 Latte 或 Mocha。

香港一般咖啡店，沒有正式的 Latte，因為沒置備泡沫牛奶處理機。當年母親在大酒店喝下午茶，就必然要一壺熱鮮奶、一壺咖啡，自己動手調配：通常是兩或三份牛奶，咖啡多少，看當天胃口而定。現在香港也偶見 latte，泡沫牛奶卻因供應者的蒸汽機及濃度處理不好，同一家店，也出現時好時壞成品，我只有隨緣遇合了。

Mocha，聽說本是純種咖啡，但今天喝的，卻已經加料改「良」，那是咖啡加入巧克力和牛奶的飲品。如果天氣冷，又不太餓，我會喝 Mocha，那十分厚的感覺很舒服，不必再吃甚麼餅糕了。店裏芝士餅夠吸引，是無可避免的誘惑，我會喝 latte 或加忌廉的紅茶，淡薄一點，配起芝士餅，才見適中，也可襯出純芝士的濃滑軟。

此外，在大牌檔或茶餐廳，我倒愛喝「鴛鴦」——告訴夥計，多茶少啡。這種可稱為充滿香港地方色彩的飲品，實在很奇特。極滑的奶茶，掩不了咖啡的味道。咖啡的香味，混在奶茶中，仍隱隱浮現一股「濃濃地」的威力。這樣說，並不是對大牌檔咖啡不敬，而是它的確與外國咖啡很有分別。我沒調查過那些追求純美的咖啡迷，對於如此雜配的飲品，是否反感。不過，最近，我在一所很高級的咖啡店裏，竟然喝到了「鴛鴦」，水準也很高，總算是本地化抬頭的例證了。

一九九七年三月十五日

且說茶

竟然說起咖啡來了，太洋化，不是該談談茶麼？

中國人喝茶，是品茶，大有生活情趣，但卻由早到晚，飲得若無其事，其實不離不棄。這跟英國人飲下午茶不一樣，跟日本人茶道更不一樣。英國人放下工作，小休閒休，幾乎有點專誠去喝杯茶。日本人一稱作「道」，就變成煞有介事，極講究儀式，修養學問禮貌儀容，盡在飲茶過程中，表露無遺。喝一次茶，宛如上了一次修身課。

一般中國人，早上起來先泡一壺茶，辦公開會，也泡一壺茶，乘車坐船，攜一玻璃瓶茶，客來奉茶、飯後奉茶。飲茶，是生活一部份。且看四川人，街頭巷尾，竹椅擺開，識與不識，坐下來叫了茶，大水煲提到，開水冒白煙，龍門陣就開始。福建各地，大店小攤，一邊做生意，一邊矮桌子上備了茶具，老闆夥計，不忘抽空喝茶。

台灣和香港流行的茶藝，太講究，不是一般的中國人飲茶方式。

中國人品茶，也不是不講究，講究的是茶質水質水溫。當然更甚者講究茶壺泥質型制。好茶愈來愈難找了——據說珍品本來不多，每年出產，頂級的不會流落民間。我曾託友人的福，喝過一次極品雨前龍井，以後真有「除卻巫山」的悲哀。退而求其次又其次，還是不夠滿意，專家說茶好還要水好，香港水濁，又加了化學劑，使好茶受屈了。哪裏來名泉供用？有人買法國名牌礦泉水烹茶，畢竟不是那一回事。至於一把好壺，高價買來觀賞的多，少有真的用來沖茶。

既然如此難湊合，而生活中又少不了茶，就只好隨便也隨緣。只求不太差，早上一杯熱茶，作一天開始。整日有茶，不離不棄，已經不再苛求。茶於我，就是如此而已。

一九九七年三月二十二日

想閒

閒而要想，就不能算閒。

近來多病又忙，人很慵倦，只想找幾個朋友在咖啡館裏坐上半天，閒聊一通。

那天在中環春回堂執藥，路經兩家外國人開的小餐廳、小酒吧，外邊塗得全紅、全藍，玻璃櫥窗擺放着一些舊物，一切並不張揚。我把鼻子貼近玻璃，看見裏面全是咖啡客，最接近窗口的一張小桌子圍坐着兩個人，一個用手指輕抹杯邊，來回來回的，是一種很有韻律而悠閒的動作，另一個背着窗，背影微微在動，似乎正在說話。

我彷彿聞到咖啡香味，想立刻走進去坐坐。但我沒有獨個兒坐咖啡館的習慣，況且我還得趕回家煮藥。穿過鬧市，我提着藥，把咖啡香留在後面。

我常說愛坐咖啡館，其實我並不愛喝咖啡，我只愛咖啡館的悠閒氣氛。精緻雅靜的、臨街接近大眾感情的，都沒有所謂。三兩友人，不談大題目，暫忘重擔子，偶涉閒言，不及人非，目光也可以游離四顧，坐姿隨便，一派無牽無掛的樣子，這才算閒聊閒情。

閒聊也得找好對手，能上天下地、博聞多識、幽默輕鬆的談最理想，最怕遇上只想做聽眾、目光呆滯的人，那種不自然的沉默局面，沒話找話說，實在難堪。打個電話，約定某人某日某時某刻到某咖啡館閒聊，那又未免煞有介事，更有點可笑。都市人十分忙碌，不期而遇的機會，實在不易碰上，於是，閒聊也必事前一番張羅，那怎說得上閒？

我煮好藥，待溫度適口，徐徐吞下，然後躺在床上，想閒——想在咖啡館閒聊的閒。

一九九八年五月六日

茶香且助安眠

佘大師兄有詩「茶煙且助安眠」，我讀了，感到那是一種對閒適生活的企盼，想借來一用，只是「煙」這一字不適合我，問師兄能否改一改？他說茶香吧，便成就了這句子。

許多人黃昏後便不敢喝茶，為怕晚上睡不着。我常常睡不着，卻不因喝了茶。自幼因為父母都愛喝茶——整天喝綠茶、下午必喝極濃牛奶紅茶，習慣了，我也無茶不歡，更從不會影響睡眠。我睡不着，只因日間工作過份緊張，或臨睡前正想着甚麼大問題，躺在床上就眼睜睜，像剛睡醒那麼清醒。此時，我就會起來，沖一壺濃茶，斟它一大杯，雙手捧住，湊近鼻子，讓茶香隨熱氣冉冉上升，濛濛漫着。然後淺淺喝一口又一口，清香還未散盡，我就躺下來，打開一本閒書，讀一兩行一兩頁，或者再翻另一本閒書，又讀它一兩頁一兩行，心情鬆懈，遂可悠悠入睡了。

佘師兄愛茶更愛煙。他如何愛茶，我不知道，但其愛煙之切，卻是目睹。他吸美國煙，嫌本地出售的煙味不夠濃，據說只有美國本土煙葉製成的才合格，所以凡遇熟人到美加，必望順道為他帶回幾包。我一向反對別人抽煙，但竟然也曾為他帶上過幾包。深究因由，只因他與煙成不解之緣久矣，往往見他滿身煙「香」，在辦公室外走廊飄然而過，可以想像他早已與香煙地老天荒。詩人墨客，愛月眠遲，有茶有煙以助安眠，也只好容他「雅」與了。不過，我最近還是忍不住相勸一句：珍重自身，來日方長。又何妨試試，佳茗當也有一股幽香，少了煙仍可助你安眠。

世事紛繁，能有一夜好睡，夢也不造一個，畢竟是幸福的。有人告訴我，能安眠，還是身體健康的結果，到我們這般年紀，健康生活，也是一種企盼。

一九九八年十二月十五日

味精之過

許多香港人都自認為美食家，又稱香港是美食天堂，要把食在廣州的歷史改寫，我倒不以為然。

近年，不知道是香港人口味愈來愈低劣，還是一般廚師愈來愈懶，又抑或是惡性循環，食客要求粗陋，廚師用心也屬徒然，結果弄得味精當道，幾乎所有上桌菜餚，味道千篇一律。不分精粗，不理菜料性質，不問情由，都重手打個味精獻汁，菜面稠稠糊糊。湯羹更不在話下，精製上湯，甚麼豬骨雞肉熬煮而成，恐已成神話。

在某些著名食家筆下，往往見到頂級廚師聽命在側，言聽計從，又或專場設計，不同款式佳餚源源奉上，吃得座上食客神魂顛倒，這已經不是吃味道，而是吃江湖地位了。平庸如我的一般街客，除了在腦海中摹擬一番外，也只好當作另一則飲食神話來聽。有人告訴我，三四人的小酌，休想吃到美味，第一級廚師只做一席的大手藝，其餘都由小徒弟上陣。這種情況，小徒弟可能學藝未精，可以當行貨炒賣，無法不借靠另一種師傅——味精是也。於是我們只有低頭舉箸，細心撥開菜面滿佈的漿糊及四周的膠水。

不必苛求吃到蘭齋江太史府的精品了，那個小廚能用心用情，不妄加味精，以恰量鹽油，適中火候，炒碟有菜味的青菜出來給我送飯，於願足矣。

也許有人奇怪，何故我有此牢騷？無他，市道不景，人人心不在焉，多半不再認真手藝，順手加鹽加味精，愈加愈重份量，吃得我頭暈心跳、面頰發麻，使我愈吃愈傷心！

香港一般廚師，請愛惜美食天堂的名聲，也請勿怪本地人竟會遠赴外地求嘗新，自己先爭氣才好。

一九九九年一月七日

大紅袍茶園

春風春雨寫妙顏，
幽情逸韻落人間。

暮春雨中，訪畢武夷山九龍窠大紅袍茶園，驚其幽秀，筆下一時無法寫容，只好借取鄭板橋詠蘭詩兩句，以表心中所儲印象。

大紅袍，是茶史中神話一則。秀才落難，貧病交煎，山中老人，好心送上熱茶一碗，遂把青年救活，如同一般故事發展，秀才上京赴試，得中狀元，榮歸途上，誠心謝恩去。問及當日所飲，老人言道山中並無珍品，有的不過崖上岩茶。狀元拜謝之餘，脫下大紅袍，加於四株岩茶，從此，四株茶所出，清香無比，世代成為貢品，名之曰大紅袍。

九龍窠，在山谷之中。沿路石徑兩旁，都是拔地山崖，抬頭遠望，只見石壁奇皺，變幻莫測。徑側流水清澈，漫步其間，水聲、風聲、鳥鳴，更顯幽僻。旅遊經驗中，久未見如斯風致，日本京都哲學之道，恐亦不足與之倫比。行不久，右崖中突出一小岩，團團如短傘，三株茶樹植岩上，導遊指，大紅袍是也。其一某年枯死，故今只餘其三，年產八兩，極品味珍，為國家重禮，常人難得入唇，香港人只董特首一人品過。坊間有售大紅袍者，皆偽，欺客誑人而已。怪問何故不試廣植，答云專家群策失效，只於崖下栽出大紅袍第二代，名曰小紅袍，味遠不及大紅袍多矣。岩左岩右，岩上岩下，風土應無二樣，咫尺之間，竟有優劣之差，天意神功，人力難為，信焉。

此地秀潤可喜，溪光山翠，沿崖下北向行，可至鷹嘴岩，東行可抵天心岩，為武夷茶文化旅遊路線，惜匆匆過客，無法一盡山水遊情。

作別玲瓏山翠，願無俗士毀污，以保山靈。

一九九五年五月八日

油炸鬼之憶

逛閒街，路過柯布連道，見人龍在排隊買雞蛋仔餅。原來已非舊日用炭爐及單盆操作了，十分科學以電器幾盆齊上，可是仍應付不了人潮，可見生意興旺。

我不喜吃雞蛋仔，忽然想起油炸鬼。記得莊士敦道上有家粥店，應有現炸油條，走過去看看，順便吃碗米黃（現在還有叫白粥做米黃嗎？），吃條脆卜卜油炸鬼。咦？油炸鬼不是現炸，只放在玻璃櫃中，以強力燈照着，令我興致大失，乃憶從中來。

從小愛吃油炸鬼、湯河，大概與父親嗜好有關。譚臣道與菲林明道交界，兩益士多前，有兩家大牌檔，清早賣粥兼現炸油器，深夜賣湯粉麵雲吞牛腩。父親早餐是白粥油炸鬼，冬天深夜消夜必吃油菜湯河，挽個銻壺去買，是我的指定工作，回家父女同吃，滋味至今難忘。

不吃油炸鬼久矣，只因不易吃到好的油炸鬼。所用麵粉、和粉手藝、油質優劣、火候掌握、炸好後待多少時才入口，都是好的因素。記憶中，最近吃過好的油炸鬼，已是十多近二十年前，新光戲院門側的一個走鬼檔的出品了。八十年代初，粵劇班多，內地名角也紛紛南來，新光戲院晚晚旺場，戲迷如上班般準時入座，熱鬧非常。中場休息，忽然滿院陣陣油炸香味，只見人手一褐色紙袋在吃長油條。最初，我還怕公眾前吃相不雅，不敢吃。那種香味，實在難以抗拒，加上旁人給小塊試食，脆而甘香，終於自己也去排隊買了。

小販夫妻檔，擔子上一鑊滚油，炸出長長油條，不知道賺了多少戲迷的記憶。

二〇〇八年十一月十六日

舊物歸來

開始寫這篇文字時，我正含着一粒糖。久違的甜味，純椰香融繞在口舌間。為了這久違舊味，我特別專誠到人山人海的工展會去，由於它只在一攤檔獨家寄賣，找得我很辛苦，最後還是去詢問處者詢，方才尋得。

說來也是緣份，一天去逛上環，在觀音廟內，正跟廟祝閒聊，來了位女善信要簽香油。廟祝循例問香油簿上寫甚麼名守，「甄沾記」，女士語音未完，旁邊的我彷彿叮一聲觸及回憶，吓！仲係度咩？這反應極不禮貌，故事必須從小時候細說。

窮乏時代，過年是大日子、一年到晚。孩子除了盼紅封包、新衣、新鞋外，當然還有平日少吃的零食，擺到新十五才撤去的全盒，總惹來孩子金睛火眼。我倒與別不同，不大愛全盒中的蜜餞果品，獨愛母親例必擺放的甄沾記椰子軟糖、硬糖、興亞陳皮梅、史蜜夫橙花軟糖。儘管後來升格有了牛奶糖、瑞士糖，我還是鍾情椰子糖。往後我可自主買賀年糖果，更單買甄沾記產品。

也記不起從哪年開始，再買不到甄沾記椰子糖了。偶爾買到貌似東西，吃起來全不對味，於是，它就只存在記憶中了。

眾裏尋它未見，那天在觀音座前，舊主人因產品重歸故里而虔誠上香祈求順利，竟給我巧遇上，真是緣份。趕緊不顧禮儀，追問何處可買，女主人說要回來應市了。舊物歸來，卻沒打正旗號，只寄身於工展會新亞薑糖攤中，大概要試探老香港人是否忘記那甜香滋味。

我本來已不大吃糖的了，還是買了兩包回來。吃記憶！

二〇一三年一月六日

散文心事——附錄

金梅先生：

您我以文學結緣於千里之外，真有點意想不到。謝謝您細意讀了我的作品，並寫了那麼詳細深入的分析，更謝謝您的批評和鼓勵。

我一向認為周作人和郁達夫對散文的特徵，有精確的說法。周作人認為散文「興盛必須在王綱解紐的時代」。郁達夫則強調作家「個性的表現」，驗證於香港的散文，更佩服兩位前輩的見解。

香港，是個外人不易理解的地方。許多人都知道它是國際金融貿易中心，高度的現代商業城市，四方人士雜處——所謂中西文化交流。在英國殖民地政府長久的管治下，具有某種程度的放任自由——政府為了發展經濟，就必然有較放任的自由貿易政策，跟着就有了其他各種自由。別的不談，就談文藝吧！百多年來，英國人對香港的文藝發展方向，從不關心，也不理會。說好聽點是自由發展，刻薄點說是由它自生自滅，正因為有了這種背景，香港文藝一直處於「王綱解紐」的情勢中。加上香港報紙多達六十多家，為寫作人提供了作品刊登機會。此外，香港是個多元化社會，資訊發達，讀者往往通過報刊獲取都市人急需的資訊，報刊也為爭取讀者而發展副刊版面，在這種情況下，「散文」形式，最符合需要，因此，香港報刊的專欄多，也就是說寫散文的人最多。由於讀者需要多元化資訊，所以在報上開專欄的人，不一定是專業作家——在香港專業作家不多，靠稿費難以維生。他們從事各行各業：行政人員、商人、教師、廣告從業員、律師、演藝界……都從他們的生活層面出發，寫他們的專業經驗、所思所感。由於沒有任何管制（只要不犯誹謗法），文章可以說是個性生活大展現。一版之內，二十個專欄，二十種個性，二十種行業對某些問題的獨特看法，這才能滿足讀者的需要。我如此先說了大堆背景資料，主要是讓您知道我的生長土壤、空氣與養份。也希望您理解，在香港，流行文學與嚴肅文學的分界很困難。看樣子，讀者需要決定版面需要，而讀者需要的多是資訊或消閒的東西，嚴肅文學太傷腦筋，不受群眾歡迎，它就只能求存於流行文字的隙縫中——著名的作家，也是香港著名副刊編輯：劉以鬯先生就以「擠」的（或稱「夾帶」）方式，在報紙副刊版面裏，在流行文學隊伍中，刊登了無數嚴肅作品，幾十年來，培養了不少好作家。這種局勢，很奇異，卻十分真實地描繪了香港文壇的面貌。

說到我自己，嚴格來說，我不算是作家，一方面我寫得很少，十多年來，與六個朋友合寫了一個專欄，每星期只寫一篇。另一方面，我的取材也沒有多大資訊性，不是一般讀者所喜讀的。加上我很自覺教師的身份，寫起來過份執着於修辭造句，失去一種藝術的瀟灑。更非一般讀者喜愛的那種「有話直說，不要傷人腦筋」風格。如果說在香港，我還有一些讀者，那是因為我的教師身份，特別是早年所寫的《路上談》，對學生還有點針對性，立論也較平穩——用你們的話說，就是對思想指導有點幫助，所以中學教師較安心讓學生讀。近十年，我寫作題材已超越了中學生所能或所需理解範圍，那恐怕就連這部份的讀者也失去了。

說了許多話，我可以回應了您對我的作品的看法。您說我的散文「不拘一格，不執一體」，那就是適應社會及讀者需要的結果，同時也是生長在香港這多元化社會的我的性情反映。至於我的文章寫得很短，「多數篇章在千字以內，有的僅僅三四百字。」這也為了滿足香港報刊專欄的要求，一版分成十多二十個專欄，有些字數只得一二百。香港讀者生活節奏急，沒有耐性看長文章，編輯策略就很有針對性了。長期為報刊寫專欄，養成寫短文章的習慣，我只努力做到：利用短小篇幅，說點自以為深刻的人生道理。我想通過一些尋常事物，或人人可見的社會現象，說一些較深沉的人生哲理，是因為我依然深信文學所具有的社會功能，同時，無法忘記自己那重教師身份。況且，我不必像其他作家一般要天天寫一或多個專欄，故在取材下筆之際，總可以慎重考慮。您稱許我有「精粹典雅的詩一般的語言」，我愧不敢當，但假如我寫來果然有一點點「詩的語言」的特點，那是因為四年大學中文系的訓練結果。在唐宋八家文、唐詩、宋詞的浸淫中，我對中國典雅文學韻致，已有了血脈相連的默認。但也正因這樣，一般香港讀者並不會喜歡我的作品，都市現代人，接受不到詩的蘊藉訊息，又是理所當然的事。您來信又說不知道我「是不是深入地研究過老莊哲學，並受其影響。」我在大學時，副修的是哲學，選修了牟宗三先生的「道家哲學」，至於有沒有受其影響，我倒不大清楚，因為我同時修了唐君毅先生的「儒家哲學」，而本質上，我傾向儒家入世務實的精神。由於您提起在我的作品中，明顯地感受到了老莊哲學的存在，又說：「老莊是主張天人合一，人道歸於天道的。您的作品，善於用自然界的規律去表達人生哲理，這也是在把天道與人道統一起來。」這不禁叫我重新對自己的思想作了分析。的確，在許多作品裏，我每每以天地自然與人的關係為念，但我想這恐怕不一定受了老莊哲學的影響。郁達夫在《中國新文學大系．散文二集．序言》中，提到「現代散文的第三個特徵，是人性，社會性，與大自然的調和。……作者處處不忘自我，也處處不忘自然與社會。」正中肯地展示了現代中國民族所關注的問題，而我卻在不自覺中承傳了這種特徵。「一粒沙裏見世界，半瓣花上說人情」，是我誠心向往的寫作態度，能不能達至，我倒不敢奢望。

最後，我想提一提我作品的缺點，其中最重要的有兩方面：第一，我是廣東人，香港日常通用語言是廣州話。（嚴格來說應該是香港話，因為港式方言與廣州話有差異。）每當我寫作時，必須先把腦中廣州話，「譯」成白話文，於是寫成的往往帶着港味的白話文詞。我這寫法，卻又不一定得到香港一般讀者接受，因為許多香港作家，特別是流行文學的作家，他們喜歡採用白話、粵語、夾帶着英語的方式成文，這種文體的確十分傳神地反映了香港人的語言習慣，讀者讀來感到親切，也易引起共鳴。我很吃力，仍堅持用較純正的白話文寫作，為的是：一向不主張方言入文，恐怕方言會帶來許多隔閡，減弱文學的溝通人際關係效能。

第二個缺點，那問題更嚴重了，許多香港讀者認為我的取材沒有香港特色，也不像許多香港作家筆下，對港事港情有及時的反映。說人生哲理、說民族感情，太抽象太遙遠了。他們無法在大都市生活的匆匆步履中；慢慢品味那些似乎與生活無關的東西，也許您不易明白，在分秒必爭的香港生活裏，哲理、詩情都是奢侈品。在這一點上，我實在不太像香港人。但可悲的是當我寫中國情懷的時候，其實也很抽象。香港土生土長的我，一切中國感情，來自書本。唐詩宋詞、歷史文化，都只不過遙遠而飄忽的紙面接觸。一旦我面對真實的中國——大地、人民、政治、文化……的時候，竟驚覺有太多的陌生感，發現原來自己抓住的並不是有血有肉的民族實體，我徬徨恐懼，連一點點的自信都失落了。怎麼辦？在香港人眼中，我不太像香港人，在大陸人眼中，我又不像大陸人，這種尷尬身份，令我處於兩難境地。

這是我第一次向人談及自己的作品，也許很亂，也許還不夠詳細深入，但仍然希望讓您了解多一些我在香港寫作的處境和心境，至於能不能較客觀地反映香港文學的狀況，我想我已盡力而為，不過相信仍不夠全面和深入，以後有機會再談。匆匆！祝

文安

小思　一九九一年七月七日於香港